ハヤカワ文庫 JA

〈JA 772〉

西城秀樹のおかげです

森 奈津子

早 川 書 房

5509

Cover Illustration & Cut　浅田弘幸

目次

西城秀樹のおかげです

西城秀樹のおかげです

「会える。会えない。会える。会えない」

花占いのように唱えながら、わたくしは自分の髪を編んでゆきます。

「会える。会えない。会える。会えない。会える」

そこでやめて、三つ編みを清楚な黒いゴムで留めました。

鏡の中には、おさげ髪にセーラー服の女学生。これがわたくし、早乙女《さおとめ》千絵《ちえ》です。

ちょっぴり悲しそうな顔をした鏡の中の自分に、わたくしはそっと言います。

「今日こそは会えるわ」

だから、寂しがったりしないで、千絵。

——そう続けようとしたのに、思いもかけず涙がこぼれてしまい、わたくしは顔をそむけました。

ああ！

あの恐ろしい疫病で人類が滅亡してから、すでに一年。去年の春から夏にかけて、人々は大量の吐血に苦しみながらミイラのように痩せこけ、死んでいったのです。

それは風邪よりも感染しやすく、そのうえ死亡率は百パーセントという世にも恐ろしい病でした。治療法は最後まで見つからなかったのです。

そもそも、医師や看護婦など医療に携《たずさ》わる人々が真っ先に亡くなってしまったのだ——と聞きます。お気の毒なことに、患者を通じてその病に感染してしまったのです。

あっという間に交通は麻痺し、報道も途切れ途切れになりました。そんな中、わたくしは、病原体であるウイルスが発見されたとのニュースをラジオで聞きました。しかし、真偽のほどはわかりません。それを最後に、放送は跡絶《とだ》えてしまったからです。

そして、その一ヵ月後、わたくしはおのれが正真正銘の独りぼっちになってしまっていることを知ったのです。

ああ、だけど……だけど、なぜ、わたくしだけが生き残ってしまったのでしょう？

お父様もお母様も、学校のお友達も先生方も、みんなみんな天国に召されました。なのに、なぜ、わたくしだけが……！

（いいえ、千絵、まだ望みを捨ててはだめよ）

わたくしは、この弱き心に言い聞かせます。

（きっと、この地上のどこかに、お美しいお姉様が生き残っておられるにちがいないわ。女学校の上級生が愛らしい下級生にするように、わたくしを心からいたわり、かわいがり、愛してくださるお優しいお姉様が……。わたくし、そんなお姉様に出会える日まで、絶対に死ねない！）

そう。

わたくしは廃墟に花開いた一輪の白百合。年上の女性のたおやかな白い手に手折《たお》られるのを、一人ひっそり待っているのです。

（まだお会いしたこともないお姉様、いつかこの頰に優しく口づけしてくださいませ。そして頰だけではなく、いたるところにその熱き唇を……。ああっ！　わたくしとしたことが、清らかな乙女の身でありながら、なんて淫《みだ》らな想像を！）

たちまち、この小さな心は恥じらいでいっぱいになりました。けれども、こんなときこそ、わたくしの頰は美しい薔薇色に染まっていることでしょう。

恥じらいに身を震わせつつ、わたくしは窓に駆け寄ります。顔の火照《ほて》りを鎮《しず》めるには、朝の涼しい風が一番でしょう。

窓辺の椅子に腰かけ、外の景色に目を移しました。

外には、静かな静かな大都市が横たわっています。

ここは新宿。かつては人々のエネルギーに満ちていた大都会も、今は冷たい死の街です。

林立するビルディングは、まるで巨大な墓標のよう。それを築いた人々は消え、一時は野良犬や野良猫が街を闊歩していたものの、彼らもやがては飢えてこの地を捨て、現在では鳥たちがこの都市の主となっています。

わたくしは毎朝、目覚めて身仕度を整えると、どこでも好きなデパートを選び、そこへ赴き、日用品や食料品を好きなだけいただきます。

そして、夜になれば好きなホテルのお部屋を選び、そこを一夜の宿として眠りにつくのです。

今朝、わたくしはホテルセンチュリーハイアットで目覚めました。西新宿の東京都庁の裏にある、コンクリートと石でできた茶色いお城です。

(さあ、そろそろお出かけしましょう)

わたくしはローボードの上に置いてあったかわいらしい藤の買い物籠をとりました。

これからデパートに行き、食料品と日用品をいただいてくるのです。

電気も止まっている現在では、広いデパートの中は暗いところが多く、懐中電灯は必需品です。わたくしは籠の中をのぞき、そこに懐中電灯があるのを確かめました。シャッターを壊しウィンドウを割るためのハンマーも、ちゃんと入っています。

お部屋を出て、階段を降りながら、思案します。

（今日は京王百貨店がいいかしら？　それとも小田急？　東口まで足を延ばして三越か伊勢丹に行くのもいいわね。ちょっと遠いけど高島屋も捨てがたいわ）

こんな奇妙な暮らしも、美しい年上の女性と二人ならば、どんなに楽しく心はずむものとなることでしょう。

たちまち、この心は甘い想像の世界へと旅立ちます。

（ああ、そうだわ。やがてお姉様とわたくしは、だれも見ていない白昼の廃墟で愛しあうようになるのだわ。甘い口づけを交わした二人は、たちまち二匹の性獣《せいじゅう》と化し、そして……。ああっ！　また、わたくしとしたことが、乙女にあるまじき想像を……！　しかも『性獣』などという専門用語まで使って！）

恥じらいのあまり、思わず涙ぐんでしまいました。

（わたくし、ずっと独りぼっちで、もう寂しさに耐えられなくなっているのですわ。だから、娘らしくもない想像をしてしまって……）

真珠の涙は次々とあふれ出てきます。

（お優しいお姉様、どうか、一刻も早くこの哀れな子を見つけてくださいませ！　でないと、わたくし、どんどん淫らな娘になってしまいますわ！　だって、この小さな心は硝子細工のようにもろくできているのですもの！）

涙を流しながらも、澄みきった青い空をあおぎました。わたくしの心も、常にあんなふうに澄みきっていられればいいのに！

「中央通り」と呼ばれるこの道は、新宿駅に続いています。

わたくしは、その広い通りの真ん中を歩きながら、考えます。

（こんな淫らな子を、お姉様は受け入れてくださるのでしょうか？……いいえ！きっとお姉様はいけないわたくしをおしおきなさるにちがいありませんわ！その形のよい唇に残酷な微笑みを浮かべながら、お姉様は澄んだ声でおっしゃるのですわ。『さあ、悪い子にはおしおきよ』と。そして、おもむろに白いレースのハンカチを取り出すとそれでわたくしの細い手首を背中で縛って『いやらしい声を出したら、わたくし、あなたのことが嫌いになってよ』とささやき、背後からわたくしの胸を左手でもみしだきつつ、右手では制服のスカートをまくりあげ、下着の上から小さな花びらを執拗にこすりあげてくるのですわ。『ああっ。お姉様っ……どうか、どうか堪忍して！』と、あえぎながら切ない泣き声をあげるわたくし。だけどお姉様は、この耳に熱い息を吹きかけ、意地悪におっしゃるのです。『ふふふ。いやらしい子ね。こんなに蜜をあふれさせて』。その間にも、よく動く白い指は感じやすいわたくしを責め苛《さいな》みます。『ああっ。いやっ！お姉様、もう許して！』『あら。だけど、あなたのプッシーはいやだとは言ってないようよ』。そして、お姉様はわたくしの下着に指をかけます。わたくしはおびえ、身をよじって抵抗しますが、お姉様は無理やり、清楚な白い下着を膝まで下ろしてしまうのです。そして、細い指は焦《じ》らすような動きで、わたくしの淡い茂みをかき分けます。『あっ……』と、思わず悩ましい声をあげたわたくしに、お姉様はおっしゃいます。『ふふ……そんなふうにいやらしい声をあげるなら、もっとおしおきしてあげてよ』。わたくしは恥じらいに頬を染め、声を立てぬよう唇を嚙みしめ、イヤイヤをします。だけど意地悪なお姉様は微笑みながら、その白い指でわたくしのいまだ開花したことのない小さな花びらを押し広げ、それから……。ああっ！　わたくしったら、また、こんな愚かしくも淫らな想像を！　しかも、はからずも『プッシー』などという外来語まで織り交ぜて、まるでありがたいお経のように長々と！）

わたくしはショックのあまりよろめき、思わずアスファルトの上に膝をつきました。明るい陽射しの中、わたくしは苦悩いたします。

（ああ、だめよ、だめ。こんな淫らな想像をしてはだめ！　わたくしとお姉様は、清らかな愛をはぐくむはずなのよ！）

そのまま、買い物籠を横に、わたくしは力が抜けたように座っていました。

目の前には小山のような新宿駅が横たわっています。

ここは西口。駅ビルには小田急百貨店が入っています。右手には京王百貨店も見えます。

そして、通りのあちらこちらには、乗り捨てられた車が、その後移動する者もないまま放置されているのです。

歩道と車道の境には、すでに雑草が生い茂っています。アスファルトの上に積もったわずかな土に根を張っているのです。なんという生命力でしょう。

そして……ああ、見てはいけないと思いながらも、わたくしの目はかつては人だったものをとらえていました。車道の真ん中に、なかば色褪せた青いボロ布をまとった白骨——おそらく、一年前は青いワンピースを颯爽《さっそう》と着こなした女性だったのでしょう。

それだけではありません。バスターミナルや歩道でも、気の毒な人々が風雨に晒《さら》されながら永遠の眠りをむさぼっているのです。同じ新宿でも、駅の近くは特にひどい状態です。

今日は七月十七日。人類が滅びても梅雨はまた訪れ、そして明けました。

まだ午前中だとはいえ、陽射しはかなり強く、気温も上がっています。

(ぼやぼやしていたら、田舎娘のように日焼けしてしまうわ。色白が自慢のわたくしなのに)

そのとき、わたくしは視界の隅に、なにか動くものをとらえました。反射的にそちらを見て、思わずハッと息を呑みます。

それは、人だったのです！　わたくしのほかに生き残った人がいたのです！

数十メートル先、歩道をフラフラと歩いているのは、まさしく一人の人間です。

しかも、それは――。

(殿方！)

ああ、なんということでしょう！

一年ぶりに出会う人だというのに、それは美しくお優しいお姉様ではなく、野蛮な殿方だったのです！

これでは、わたくしが頭に描いていた夢の生活は実現できません。

いいえ、それどころか――。

(だれもいない廃墟に殿方と二人きりだなんて……わたくし、怖い！　でも、乙女の純潔は死んでも守り通さなくてはだめよ、千絵！)

今、すべきことは、とにかくどこかに隠れることでしょう。けれども、ここは車道の真ん中。身を隠せるところなどありません。

そのとき、殿方がこちらを見ました。

(ああっ！　見つかってしまった！　わたくし……わたくし、怖い！)

けれども、目が合うなり、彼はクルリときびすを返したのです。

(まあ！　人類滅亡というこの非常時に、清楚で愛らしいわたくしを見ても孕《はら》ませようともしないとは……なんて紳士的な方！)

わたくしは感動に震えつつ立ちあがると、その殿方に駆け寄ろうとしました。しかし、彼はそれに気づくなり、全力で駆け出したのです。

(まさか、わたくしから逃げようとなさっているの？)

不審に思いつつも、わたくしは彼を追います。

生き残った者同士、積もる話もあるでしょうに、なぜあの殿方はわたくしを置いて去ろうとするのでしょう。

彼は全力で走りながら振り返り、「ヒィッ」と引きつった悲鳴をあげ、それから叫びました。

「ば、化け物っ！」

(化け物？)

一瞬、わたくしはその言葉に疑問を感じました。が、すぐにハッと気づきました。

(ああ、そうだわ。わたくし、本当は、身長は二百センチだし、体重も二百キロだったのだわ。小錦《こにしき》もビックリの『ドスコイ体型』──この姿は、人類の美的基準からすると、美しいとは言いがたいはず。あの方のおっしゃった『化け物』とは、わたくしのことなのだわ！)

衝撃を受けたわたくしは、知らず知らずのうちに足を止めていました。そして、数秒の間、絶望の境地におりましたが……すぐに気を取り直し、ふたたび駆け出しました。

(でも、平気よ。あの男の存在をこの地上から消してしまえば、わたくしはまた『ほっそりとした十五歳の女学生』に戻れるのだわ。そうよ、千絵。たとえ生き残った人と巡りあえても、その方の美的基準が自分の美的基準と違うのであれば、即、相手を抹殺すればいいのよ。そうすれば、わたくしの美的基準はすなわち人類の美的基準。わたくしがこの体型を華奢《きやしや》だと信じてしまえば、そうなるのだわ！　さあ、千絵、元気を出して！　美しくなるためには、あの男を抹殺すればいいのよ。簡単なことじゃない！　もう、すでに五十八億もの人間が一気に死んでいるのよ。ここでまた一人くたばっても、どうってことないわ！）

やがて、わたくしはその殿方を追いつめました。

背後は壁。彼は大きく目を見開き、わたくしを見つめます。

歳は三十前後でしょうか。長身にがっしりとした体型の、なかなか雄々《おお》しく美しい方です。ただし、わたくしのほうが、身長も横幅も大幅に上まわっておりますが。

目を潤ませ肩で息をし、ガタガタ震えながら彼はわたくしを見あげています。

(ごめんあそばせ。恨むのなら、ご自分の審美眼を恨んでちょうだい)

わたくしは心で語りかけながら、用心深く相手に近づいてゆきます。

「い……や……」

彼の唇から、かすれた声が洩《も》れます。

また一歩、わたくしが近づいたとき、彼はとうとう絶叫しました。

「イヤーッ！　近寄らないでっ！　あたし、女なんかに襲われたくないっ！　いくら……いくら人類が絶滅の危機に瀕しているったって、女だけは……女だけはイヤよぉっ！」

「まあ！」

今度はわたくしのほうが驚き、声をあげました。

「殿方の身でありながらその言葉遣い……もしかしたら、あなた、ゲイ・ボーイなのではなくって？」

「確かに、あたしはゲイよっ。しかも、誇り高いドラァグ・クイーンよっ！　いいこと？　あたしに気安くさわるんじゃないわよっ！」

その激しい言葉に、わたくしは強い感動を味わっていました。

（おお！　ドラァグ・クイーン！　では、この方はきっと、わたくしと同じように独自の美学をお持ちにちがいないわ！）

彼に親しみを感じつつも、わたくしはわざと意地悪に言いました。

「ドラァグ・クイーンですって？　でも、あなた、お化粧もしてないし、ドレスも着てないのではなくって？　それでもドラァグ・クイーンだとおっしゃるの？」

ドラァグ・クイーン——それは、派手な女装の男性同性愛者のことです。

ドラァグ・クイーンの「ドラァグ」すなわちｄｒａｇとは、英語で「引きずる」を意味する動詞です。彼らがズルズルと引きずるようなドレスを着ていることから、こう呼ばれているのです。

けれども、自称ドラァグ・クイーンのこの殿方は、白いTシャツにブルージーンズに洗いざらしのスニーカーという、いたってシンプルな装いなのです。これのどこがドラァグ・クイーンなのでしょうか？

彼は息を整えてから、さきほどのわたくしの問いに憤慨したようにこたえます。

「んもうっ！　ほっといてちょうだいっ！　見てくれる人もいないのに、ドレス着てお化粧しても、しょうがないじゃないのっ！」

「まあ！　そんな考えはいけませんわ！」

わたくしは思わず力を込めて彼に訴えます。

「他人の目がないからこそ、あなたは好きな自分になれるのではなくって？　わたくし、本当は三十四歳だし身長は二百センチだし体重は二百キロだし、おまけに本名は『江尻《えじり》民子《たみこ》』よ。でも、今のわたくしは、やせっぽちで愛らしい十五歳の女学生、早乙女千絵ですのよ。わたくしがそう決めましたの。ほら、ご覧になって、このおさげ髪にセーラー服！　可憐なわたくしは、いつか美しいお姉様に巡りあえるのを心待ちにしておりますの。だって、それこそが、わたくしの望むおのれの姿なんですもの！」

「まあ、まあ、まあ！」

彼は驚きに目を丸くしました。その口許には楽しげな笑みがこぼれかかっています。

「あんた、結構、話がわかる女じゃないのっ！　それに、あんたの生き方って、とってもキュートだわっ！」

「まあ。ありがとう」

「そうよね。あんたの言う通りだわっ。他人の目があろうとなかろうと、あたしは誇り高きクイーンなんだわ！　ああ！　あたしも久々にドラァグ・クイーンのジャネット女王様に戻る気になってきたわよ！　ステージやスポットライトがなくたって、もう平気！　あたし、女王様に戻れるわ！」

「その意気ですわ！」

「よぉし！　あんたに負けてはいられないわ！　ドレスとウイッグとハイヒールと化粧品をどこかで調達しなくちゃ！」

「では、一緒にデパートに行きませんこと？　わたくし、これから食糧をいただきに行くところでしたのよ」

わたくしはジャネットさんを助け起こしました。

「よぉし！　新宿デパート・ツアーの始まりよっ！」

ジャネットさんは陽気に宣言しました。

そして、わたくしたち二人は、目の前の京王百貨店に向かったのでした。

＊

東京都庁の「都民広場」の真ん中で、ジャネットさんは優雅な動作でクルリと回転してみせました。

フリルたっぷりの赤いドレスが、フワッと美しく広がり、生地《きじ》のラメがキラキラ輝きます。

帽子のように高く盛りあがったプラチナブロンドのウイッグには、色とりどりの造花と白い鳩のおもちゃが揺れています。

靴はあぶなっかしいほど高いピンヒール。だけど、ジャネットさんの動作はあくまでもしなやかです。

キッチュでゴージャスで、とってもラヴリー。これぞドラァグ・クイーン！

わたくしは感動し、手を叩いてジャネットさんを称《たた》えました。

「素敵ですわ！　ジャネットさん！」

「ありがとう、千絵ちゃん」

ジャネットさんは艶然と微笑みました。真紅の唇の両端がキュッとつりあがり、そして、マッチ棒が載るどころかそれそのものがマッチ棒のように太く長い付け睫《まつげ》毛が揺れます。

ジャネットさんは、あたかもわたくしがカメラマンででもあるかのように、目の前で様々なポーズをとりはじめました。

「やっぱり、見てくれる人がいると、オンナは美しくなれるものなのねぇ。あたし、千絵ちゃんに出会えて本当によかったわ！」

ジャネットさんは陽気に笑いました。

わたくしもつられて笑い出します。

けれども、羽化したばかりの蝶のように生き生きしているジャネットさんを前に、わたくしの心はだんだんと沈んでゆきました。

なぜなら――。

「ねえ、ジャネットさん」

わたくしはついに苦しい心の内を告白すべく、口を開きました。

「なぁに、千絵ちゃん？」

「わたくし、本当のことを言うと、ジャネットさんに出会ってから、自分の容姿が気になってしかたがないの。わたくしはジャネットさんにどう見られているのかしら、ジャネットさんはわたくしを醜いとは思わないのかしら、って。わたくし、もしかしたら、独りぼっちだったときのほうが幸せだったのかもしれませんわ」

「なに言ってるのよっ！」

ジャネットさんは激しく言い放ちました。

「あんたはとびっきりキュートよっ！　あたしの目から見ても、今や千絵ちゃんは十五歳のスリムな女の子よ！　あんたを美しいと思わない奴なんて、この世には一人もいないのよっ！」

「まあ！」

わたくしの心はたちまち喜びでいっぱいになり、思いもかけず目には涙があふれました。

「ジャネットさん、あなたって……あなたって、なんて優しい人なのかしら！」

「あら。あたしは優しくなんかないわよ。わがままで高慢で傲慢でゴージャスなオンナよ！」

ドラマチックに天をあおいで宣言してから、ジャネットさんは夏の陽射しに目を細めます。

「おお、まぶしい。こう陽射しが強くちゃ、この完璧なメイクも溶けちゃって、あたしの美しい肌が紫外線に晒されてしまうわ。今、わがままで高慢で傲慢でゴージャスなあたしには日陰こそが必要だわ」

そしてジャネットさんは、舞うような動作で陽の当たらない場所に移動しました。

わたくしも軽やかな足どりで涼しい日陰に入ります。

「わがままで高慢で傲慢でゴージャス——それでこそクイーンだわ。ジャネットさん、今のあなた、とっても素敵よ」

「当然よ。やっぱり、人間、プライドが大切よね。あたし、千絵ちゃんのおかげでプライドを取り戻すことができたのよ。ああ、これであとは、あたしの足元に平伏《ひれふ》す男たちがいれば完璧なのに！」

「大丈夫よ。きっといつかは、ジャネットさんの足元に大勢の男たちがひざまずく日が来るにちがいなくてよ。しかも、マッチョで美しい最高の男たちよ！」

「ステキ！　そして、千絵ちゃんは、いつか美しく優しいお姉様に出会い、清らかな愛をはぐくむようになるの！」

「おお、そうよ！」

わたくしは想像し、なかば夢心地になります。

ジャネットさんは、さらに陽気に続けます。

「人類滅亡がこんなにステキなことだったなんて！」

「そうですわよね。だけど、わたくしたち、アダムとイヴのような愚かしいことは決してしなくてよ！　繁殖なんて、まっぴらごめんですわ！　この楽園は永遠に二人のものよ！」

「あらぁ？　でも、あたしはマッチョな召使がほしいし、千絵ちゃんは美しいお姉様がほしいのではなかったかしらぁ？」

「ああ、そうでしたわ！」

わたくしはあわてて言い直します。

「わたくし、自分にとって都合のいい人間だけは、大歓迎！」

「あたしもよ！」

わたくしとジャネットさんは、すっかり意気投合して笑いあいました。

そして、二人並んで、日陰の石の階段に腰かけます。

優しい涼風が通り過ぎたとき、ジャネットさんは幸せそうに言いました。

「ああ、涼しい。天国、天国。あたし、やっぱり、生きててよかった！」

「でも、どうして、わたくしたちは生き残ることができたのかしら？　みんなみんな死んでしまったのに」

ずっと心に引っかかっていた疑問を口にしたところ、ジャネットさんはおどけた調子でこたえました。

「もしかしたら、あたしたち、不死身？」

「まあ！　そんなの、イヤですわ！」

わたくしは思わず両手で自分の頬を包んで叫びました。

「清らかな乙女の身でありながら不死身だなんて、そんな、はしたない……」

「んまーっ。不死身ははしたない、ですって？　ずいぶんと風変わりな価値観ねぇ」

ズケズケと言ってから、ジャネットさんはわたくしに訊きます。

「不死身じゃないとすると、やっぱり、生活態度がよかったのかしら？　千絵ちゃん、あんたは一年前、まわりの人間がバタバタ死んでいく中、どういう生活をしてた？」

「……………」

わたくしは過去に思いを馳せます。

一年前まで、わたくしは江尻民子と名乗る三十代の会社員でした。

（ああ、そうだわ。あの病の大流行のせいで、お勤めしていた会社にも行けなくなり、わたくしは独り暮らしのワンルームマンションに閉じこもっていたのだわ。あのとき、わたくしのしたことといったら……）

思い出して、わたくしは赤面しました。

「千絵ちゃん、どうしたの？」

「あのとき、わたくしったら……全然乙女らしくない音楽を聴いていて……」

「千絵ちゃん……やっぱり、あたしと同じことをしてたんじゃ……？」

「同じこと、って？」

「西城秀樹の『YOUNG　MAN』を聴いて……」

「おお！」

わたくしは感動のあまり両手で口を押さえました。

「わたくしも……わたくしも西城秀樹の『YOUNG　MAN』を聴いておりましたわ！」

『YOUNG　MAN』——それは、一九七九年に日本で大ヒットした歌謡曲です。アメリカのヴィレッジ・ピープルというグループが歌った『Y.M.C.A.』を、西城秀樹が日本語でカヴァーしたのでした。

歌詞の内容は「きみもY.M.C.A.で楽しく過ごそう！」というような他愛ないものであり、特に日本語ヴァージョンはかなり抽象的な歌詞になっていましたが、実はその裏には恐るべき意味が隠されていたのです！

そもそもヴィレッジ・ピープルの「ヴィレッジ」とは、アメリカの名高いゲイ・タウン「グリニッジ・ヴィレッジ」に由来します。そして、そのマッチョな男六人のグループは、リード・ヴォーカルをのぞいた全員がゲイなのです。それぞれのコスチュームも、いかにも男性同性愛者が好みそうなマッチョなものでした。

そして、アメリカではY.M.C.A.は同性愛の男の子たちのたまり場となっているのです。

見るからにゲイの格好をした六人組が「きみもY.M.C.A.で楽しく過ごそう！」と歌えば、それはすなわち「きみもY.M.C.A.で楽しくホモろう！」と呼びかけるも同じこと。

つまり『YOUNG MAN』は「きみもホモろう！」という歌なのです！

「ねえ、千絵ちゃん」

ジャネットさんは、うれしそうに身を乗り出しました。

「あたし、ずっとアルバイト生活で、週末の夜はショー・パブで働いていたのよ。こんなふうに女装して、ステージで口パクで歌いながら踊っていたの。ドラァグ・クイーン・ショーってやつよ。楽しかったわ」

そこまで言ってから、ジャネットさんはすぐに厳しい顔になって、続けました。

「けど、あの変な病気が流行《はや》り出して、お店は閉鎖。どうせ死ぬのならば、やっぱり一番好きな場所で死んでゆきたいって思って、あたしは食糧を背負ってお店に忍び込んだのよ。ドレスを着て、お化粧して、ウイッグをかぶって、ハイヒールを履いて、あたしは一人、ステージに立ったわ。そして、『YOUNG MAN』をエンドレスでかけて、あたしは歌い踊りつづけたの」

「わたくしもですわ！　わたくしも、一人でお部屋に閉じこもって……ああ、こんなことは、とってもはしたないことでしょうけれど……『YOUNG MAN』をエンドレスでかけて、秀樹の歌声に合わせて歌い踊ったのですわ。昼も夜も、暇さえあれば、ずっと！」

そのとき、ジャネットさんはやにわに立ちあがり、歌い出しました。

「すばらしい、ワーイ・M・C・A、ワーイ・M・C・A」

おお！

わたくしは感動にうち震えました。

ジャネットさんはちゃんと「ワーイ・M・C・A」のところでは手足を使って「Y・M・C・A」の文字を描いてみせたのです。かつて秀樹がそうしたように！

そして、ジャネットさんはわたくしを見おろし、訊きました。

「千絵ちゃんも、これ、やった？」

「もちろんですわ！」

そして、わたくしも立ちあがり、「ワーイ・M・C・A」をやってみせました。

一度やったらクセになるらしく、しばらくの間、わたくしたち二人は「ワーイ・M・C・A」に打ち興じていました。

それにしても、どうしてわたくしたちは生き残ることができたのでしょう？　『YOUNG MAN』を聴いていたことと、なにか関係があるのでしょうか？

「もしかしたら……！」

ジャネットさんのつぶやきに、わたくしはハッとし、「ワーイ・M・C・A」をやめました。

「ねえ、千絵ちゃん、あんた、『YOUNG　MAN』を聴いてたとき、どういう気分だった？」

「どうなさったの？」

「そうね……わたくし、とっても幸せで陽気な気分になっていたと思いますわ」

「あたしもよ！　とってもハッピーだったわ！　もう、この世が終わってもどうでもいいような気分で、やたらと陽気になってたのよ！」

「だって、『YOUNG　MAN』って……」

わたくしは言いかけ、思わずクスッと笑ってしまいました。

ジャネットさんもニヤリとします。

「そうよね。『YOUNG　MAN』って実は、若い男の子たちにゲイの仲間に加わるよう呼びかける歌だったのよね」

「なのに、日本国民の皆さんはそれに気づいていらっしゃらない方がほとんどで……」

「愚かにも、秀樹と一緒に『ワーイ・M・C・A』なんて踊って……。溜飲が下がるって、まさにこのことよね！　あたしたちのことを変態だのなんだのって呼ぶ意地悪な奴らまで、なにも知らずにあれを歌って、健全な青少年たちに『一緒にホモろうぜ』って呼びかけてたんですものね。笑っちゃうわ！」

「それを思うと、わたくし、日本人に生まれて本当によかったと思いますわ！　西城秀樹は実に偉大でしたわよね！　今では彼も死んでしまっているとは思いますけど」

「そうだわ！　あたしたちは彼の功績を称え、これからはこのビルを『西城秀樹ビル』と呼ぼうじゃないの！」

ジャネットさんが指さしたのは、巨大なモニュメントのような東京都庁第一本庁舎でした。

「素晴らしいわ！　今日からこれは、西城秀樹ビルね！」

わたくしはその巨大な建造物を見あげ、感慨にふけります。

『ＹＯＵＮＧ　ＭＡＮ』……あの歌が流行したときの痛快な気分は、日本に生まれたソドムの男、ゴモラの女にしかわかりませんわよね」

「それよ！　それなのよ！　あたしたちが生き残ることができた理由は！」

「え？」

キョトンとしているわたくしに、ジャネットさんは言います。

「まだ、わからない？　ソドムの男であるあたしと、ゴモラの女である千絵ちゃんは、『ＹＯＵＮＧ　ＭＡＮ』を聴いてやたらとハッピーな気分になって、生き延びることができたのよ！」

「ええっ？」

「つまり、免疫力よ！　これ以上はないくらいハッピーな気分になって、ストレスも解消されて……そのおかげで免疫力が高まって、例のウイルスにやられずにすんだってわけよ！　その後、人類が滅亡したら、ウイルスも消えてしまったわ。いわば、あたしたちは、奴らに勝ったのよ！」

「確かに、陽気に過ごしていれば、病気に対する抵抗力が強まって健康でいられる、という話は聞いたことがありますわ！」

「脳波がα波になったり脳内麻薬が出たりで、免疫力が圧倒的に高まって、健康も維持されて――」

「やっぱり、それですわ！」

わたくしもまた、興奮ぎみに続けます。

「『音楽療法』って、よく聞きますもの！　音楽の力はあなどれませんわ！」

「そう。だけど、ヴィレッジ・ピープルの『Y・M・C・A』ではダメなのよ。彼らはゲイ・グループとして売っていたのだから、アメリカ人は歌詞の本当の意味を承知で聴いていたわ。彼らはY・M・C・A・がいかなるものかも知っている。だけど『YOUNG MAN』は違うわ。日本人のほとんどは、アメリカのY・M・C・A・がゲイの男の子のたまり場になってることなんて知らなかったのよ。しかも、あの歌をなにくわぬ顔で人気絶頂のアイドル西城秀樹が歌ったものだから、日本人はなんの疑いもなく飛びついた。そして、秀樹と一緒に『ワーイ・M・C・A』なんて踊ってたのよ。その現象の面白さを知るあたしたちは、『YOUNG　MAN』を聴くことによって、最高に陽気な気分になれた。そして、例のウイルスも殺すほど免疫力を高めることができたの。だから、おそらく生き残っているのは、みんながバタバタ死んでいってる最中に『YOUNG　MAN』を聴きつづけた日本人の同性愛者だけ。つまり、あんたとあたしよ！」

「おお！　なんてこと……！」

わたくしは衝撃と感動でよろめきました。

すでにこの小さな胸は、西城秀樹に対する敬愛の念でいっぱいになっています。

わたくしは東京都庁第一本庁舎を見あげました。

「やっぱり、この建物は『西城秀樹ビル』ですわ！　だれがなんとおっしゃっても！」

「だれもなんとも言わないわよ。もはやこの地球では、あたしたちがルールブックですもの！」

ジャネットさんはうれしそうに宣言します。

わたくしは、その言葉を心で反芻《はんすう》し、うっとりします。

（わたくしたちがルールブック……ああ、なんて素敵なことでしょう。やっぱり、人類滅亡って、素晴らしいわ！　きっとわたくしは、世界一幸運な女の子にちがいないわ！）

＊

夜が明け、また一日が始まりました。

今日のジャネットさんは、スパンコールがちりばめられたサーモンピンクのドレスに、金髪のウイッグ。手には白い羽根でできた扇を持ち、頭にもフワフワの羽根飾りをつけて、とってもラヴリー。

そして、わたくしはもちろん、清楚なおさげ髪にセーラー服。きれいに磨かれた黒い革靴に白いソックスがまぶしい、見るからに初々《ういうい》しい女学生です！

西城秀樹ビルの日陰で、わたくしとジャネットさんは今日の計画を立てます。

「ねえ、千絵ちゃん。今日も、あたし、デパート巡りは絶対に外せないわよ。よくって？」

「もちろんよ。午前中はデパートに行きましょう」

「午後はどうする？」

「わたくし、地名を考えたいわ。『西城秀樹ビル』みたいに、わたくしたちが偉大だと思う人の名前を、町や通りの名前につけるの」

「ステキ！　あたしは『フレディ・マーキュリー町』がほしいわ！　『美輪明宏通り』も捨てがたいわよねっ！」

身を乗り出すジャネットさんに、わたくしも言います。

「それに、『吉屋信子広場』は絶対に外せないと思いますわ」

「オーケイ。じゃんじゃん出してちょうだいっ！」

そのとき、わたくしはなにかの気配を感じました。これは、まさか……人の気配？

わたくしはあたりを見まわし、そして……広い通りの向こうに人影を見ました！

長い髪の若い女性です。

手にはボストンバッグ。ホテルセンチュリーハイアットに続く階段の途中、彼女はキョロキョロとあたりを見まわしています。

ジャネットさんは、まだ彼女に気づいてはいません。

「ジャネットさんっ」

緊迫したささやき声で、わたくしはジャネットさんに注意をうながします。

「今、大きな声を出しちゃダメよ」

「え？」

「そのまま身を低くしてちょうだいっ」

ジャネットさんはわたくしに従いました。

しゃがんでしまえば、わたくしたちはちょうど放置されているトラックの陰になって、あの人からは見えないはずです。

ジャネットさんもその女性に気づき、わたくしにささやきます。

「まあ！　千絵ちゃん、あそこに人が……！」

わたくしは無言でうなずきました。

彼女は二十代なかばぐらいでしょうか。ミニスカートからは、すらりと長い脚が伸びています。顔立ちはよくわからないけれど、かなり美しい人ではないでしょうか。

ジャネットさんは彼女を見ながら、ささやきます。

「あの人、千絵ちゃんが探している『お姉様』じゃないかしら？」

「いいえ、違うわ。わたくしのお姉様は十七歳の女学生でないとダメ」

すると、ジャネットさんは深刻な声でこたえます。

「じゃあ、あの女は、あたしたちをおびやかす存在かもしれないわよっ。たとえば、あたしのことを『変態』ってののしったりとかね」

「おお！」

恐ろしさのあまり、わたくしは震え声で続けます。

「あるいは、わたくしに向かって『デブ』とおっしゃったり！」

明らかにあの女性は、わたくしとは違い、人類の審美眼にかなう容姿を持っていたのです。

「しかたないわ」

ジャネットさんの声に非情な響きが混じります。

「ここは様子を見て、あの女が邪魔な存在だとわかったときには、消すしかないわね」

「ええ」

わたくしも緊張ぎみにうなずきます。

「この楽園を維持するためには、多少の犠牲はやむをえませんわ」

「それに、すでに人類はほぼ全滅。ここでまた一人死んでも、どうってことはないわよ」

ジャネットさんは、わたくしがジャネットさんを消そうとしたときと同じようなことを考えています。

(神様。どうか、この罪深き子羊をお許しくださいませ)

わたくしは心で祈りました。

大丈夫。きっと神は許してくださることでしょう。ご自分もあんなに殺したのですから。

「ち、千絵ちゃんっ」

ジャネットさんのささやき声に、わたくしはハッと我に返りました。

「あの女、こっちに来る！　気づかれたわ！」

思わずわたくしは身構えました。

相手はなにくわぬ顔でスタスタと向かってきます。近くで見ても、やっぱり美しい方です。とびっきりの美人と表現してもよろしいでしょう。

彼女が手にしているボストンバッグは、ルイ・ヴィトンです。やはり、無断でデパートからいただいてきたものでしょうか。

(『変態』？ それとも『デブ』？)

言葉の暴力を予期し、体中の細胞が戦闘態勢に入ります。

しかし、彼女は三メートルほど手前で立ち止まると、いきなりアスファルトの上に膝をつき――。

「申し訳ありません！」

いきなりわたくしたちに向かって頭を下げたのです。

(ど、どういうこと？)

わたくしとジャネットさんは顔を見あわせます。

「人類を滅ぼしたのは、このわたしなんです！」

思いもかけなかった言葉に、今度は二人そろって、その美しい方に視線を移しました。

こちらの反応を確かめようともせず、そのまま彼女はマイペースに続けます。

「実はわたしは地球人ではありません。この姿はあなたがたを安心させるための仮の姿です。わたしは地球人とは似ても似つかない姿をした異星人なのです」

おお！　異星人！

ならば、彼女は敵ではありません。わたくしたちの敵は、オーソドックスな美的基準に固執する地球人なのですから。

異星人さんは顔を上げました。正真正銘、美しい日本人女性の顔です。

なんの反応もしなかったわたくしたちに、彼女はそのまま続けます。

「一年前、わたしは探検家としてこの惑星を訪れました。そのときにわたしが持ち込んだウイルスが――いいえ、わざと持ち込んだのではありません。わたしの体に付着していたのです。その、わたしの種族には無害のウイルスが、この星の住民を滅ぼしてしまったのです」

流暢《りゅうちょう》な日本語ばかりではなく土下座して謝罪するという高度なコミュニケーション技術まで会得《えとく》しているのに、彼女はうまく表情を作ることができないらしく、無表情のままです。

「現在、生き残っている地球人類はあなたがた二人だけです。これをご覧ください」

異星人さんがボストンバッグからなにかを取り出したので、わたくしとジャネットさんは彼女に歩み寄りました。

それは、ハンドボールほどの大きさの地球儀でした。その色彩は、本物の地球のように緻密かつリアルです。

　そして、日本列島のちょうど東京のあたりに、小さな赤い光が点滅しています。

「これは『地球人類探知機』です。この赤い点は、ここにあなたがたが生きていることを示しているのです。ほかの場所には、この点は見られません」

　異星人さんは、地球儀を手の上で回して見せてくれました。確かに、ほかにはどこにも同じしるしは見られません。

　ジャネットさんは半信半疑といった面持《おもも》ちで異星人さんに言います。

「地球人類探知機、ってねぇ……あんたが生まれた星じゃ、そんなものが売られてるの？」

「いいえ。これは今回、特注で作らせたものです。一個しかありませんので、壊さないようにいつも気をつけています」

　異星人さんは言うと、その赤い点を人さし指の先でチョンとつっつきました。

　すると、地球儀は瞬時のうちに無色透明の球になり、それから、その表面に青い色で文字らしきものが浮かびあがってきました。丸と三角と四角と点と線を組みあわせた、変な記号の羅列です。

「このデータは、あなたがたお二人がこの場所に存在していることを示しています」

「へぇー。便利な世の中になったものねぇ」

ジャネットさんは地球人類探知機にすっかり感心している様子です。

「この通り、あなたがた二人だけを残し、地球人は全滅してしまったのです。これはすべてわたしのせいなのです。ですから、わたしは、お二人につぐないをすべく、地球に戻ってきました。バイオテクノロジーで人々を甦らせることもできます。国々を再建し、活気あふれる地球を取り戻すこともできます。すべて、あなたがたの望む通りにいたしましょう」

おお！　なんとドラマチックなことでしょう！

わたくしとジャネットさんが望めば、地球文明が再建されるだなんて！

「どんなことでもかなえてさしあげます。どうぞ、なんなりとお申しつけください」

そしてふたたび、異星人さんは深く頭を下げました。

数秒の沈黙の後、ジャネットさんはいきなり陽気な口調で言いました。

「まあ、まあ、そんなに気に病むことなんてないわよ。さあ、もう立ってちょうだい。夏のアスファルトは熱いわ。地球人でなくても火傷しちゃうわよ」

ジャネットさんは優しく異星人さんの手をとります。

「あの涼しい日陰でゆっくりお話ししましょうよ。ね？」

そして、わたくしも異星人さんに言います。

「わたくし、早乙女千絵と申します。この方はジャネットさんよ。あなたはなんておっしゃるの？」

「わたしの名前はあなたがたには発音できない音で構成されています。ですから、仮に『花子《はなこ》』とでも呼んでください」

わたくしたち三人は、日陰の階段に腰かけました。

「人類滅亡のことなら、気にしないでちょうだい」

ジャネットさんは花子さんに明るく言います。

わたくしも彼女に微笑みかけます。

「ジャネットさんのおっしゃる通りよ。実はジャネットさんもわたくしも、今、とっても幸せですのよ」

「しかし……知らなかったとはいえ、わたしは大きな罪を犯しました。生き残ったあなたがたにも、非常に辛い思いをさせたはずです。どうか、つぐないをさせてください。わたしは、あなたがたが望む通りの世界を作ってさしあげることを、約束いたします。どうぞ、あなたがたの理想の世界をわたしに教えてください。地球人類の遺児であるあなたがたの意思を尊重し、わたしは地球文明を再建いたしましょう」

「あら、そうなの？　それはうれしいわねぇ」

ジャネットさんはニンマリとし、続けました。

「なら、あたしはすごく立派なお城に住みたいわ。広間には大きなステージがあって、あたしの玉座はその上にあるの。で、あたしは常にスポットライトを浴びていられるってわけ。素敵でしょう？　それから、十人の屈強な若者たちを召使にほしいわね。もちろん、最高に美しい男たちばかりよ。あと、ついでに美少年も五人ほどほしいわ。その十五人は、あたしを崇拝し、あたし以外とは決して愛しあったりしないの。ほかの人間はいらないわ。必要な物資は、あたしが命じるごとにあんたが届けてちょうだい。たのんだわよ」

（おお！　ジャネットさん、あなたって、なんておのれの欲望に忠実な方なんでしょう！）

わたくしは感動しつつも、ジャネットさんに負けじと申し出ました。

「わたくしは、レンガ造りの素敵な女学校がほしいわ。チャペルと時計台も忘れないでくださいませね。そこには、わたくしを愛してくださるお美しいお姉様が一人いらっしゃれば充分ですわ。わたくしはお姉様と二人、永遠の放課後を過ごすのです。だれにも邪魔されずに……！」

するとと、花子さんは無表情を保ったまま、驚いたように言います。

「しかし、それでは、人類の再興と地球文明の再建という最重要課題はどうなるのですか？　あなたがたが望まれる世界では、お二人の代で人類が滅びるのは必至ですよ」

「かまわないわ。だって、あたしはわがままなオンナですもの」

ジャネットさんはゴージャスな羽根扇をヒラヒラさせながら、涼しい顔で言いました。

わたくしも花子さんに告げます。

「それに、無力な乙女は、人類の未来だなんて突拍子もないことは考えられませんのよ」

「そうですか。わかりました」

花子さんは無表情に言いました。

どうやら、わたくしたちの美学を理解してくださったようです。もしかしたら、頭の固い地球人よりも異星の方々のほうが、わたくしたちに理解があるのかもしれません。

(ああ……とうとうお美しいお姉様がわたくしのものになりますのね！　こんな幸せなことって、ほかにあって？)

わたくしはうっとりと宙を見つめます。

(やっぱり、わたくし、生き残っていて本当によかった！)

これもすべて、西城秀樹のおかげです。なにくわぬ顔で日本国民をあおり「ワーイ・M・C・A」と踊らせた西城秀樹のおかげなのです！

(秀樹、ありがとう！　ありがとう、秀樹！　わたくしたちは、決してあなたを忘れない！　……いいえ、それどころか、わたくしは死ぬまであなたに感謝しつづけることでしょう！)

この幼い小さな胸は、西城秀樹に対する感謝の念ではちきれんばかりにふくらんでいます。

（こんなことなら、生前、少しでも彼を応援してあげればよかった！　だけど、殿方を崇拝し、黄色い声を浴びせるなんて、わたくしの美学に反することだったんですもの。ああ、秀樹、ごめんなさい。こんなわたくしを許して……）

故人をしのび、ちょっぴり過去を悔いたわたくしでした。

＊　＊　＊

そして、地球の時間にして八十八年の後、地球人類は絶滅した。美しい（自称も含む）十六人の男たちと二人の女たちは子孫を残すことなく幸せな一生を終えたのである。地球人類を絶滅の淵に追いつめたのは異星の探検家がもたらしたウイルスだったが、とどめを刺したのは個人の幸福だったのだ。

すなわち、最後に生き残った二人と、二人のために甦らされた十六人にとっては、最高の終末だったわけである。

よって、この歴史書は、次の言葉で締めくくるのがふさわしいだろう。

めでたし、めでたし。

――テテキメス・アオラ著『地球人類の歴史』より

哀愁の女主人、情熱の女奴隷

時子《ときこ》の兄とその妻が、一人娘の絵美里《えみり》と巨額の富を残してこの世を去ってから、一ヵ月になる。

運が悪かったとしか言いようがなかった。二人の乗った地球行きのシャトルが事故を起こし、乗客乗員全員が死亡したのである。

一人残された絵美里は、まだ幼い。やっと十歳になったばかりだ。

メイドのハンナによると、両親の死以来、彼女は学校にも行かず、広い居間の真ん中にポツンと座り込み、ただひたすら涙にくれているという。

「一日中、泣いてるのか？」

驚いて時子が訊くと、ハンナはきっぱりうなずいた。

「はい。朝から晩まで泣いていらっしゃいます」

(勘弁してくれ……)

時子は思った。

正直なところ子供は大嫌いだったし、他人を慰めるのも苦手だった。おまけに、このハンナの動じないこと――やはり、メイドとはいえ、家事用アンドロイドである。家事はこなせても、人の悲しみは理解できないらしい。

「悪いが、ちょっと絵美里を慰めてきてくれないか？」

「わたくしが、でございますか？」

「ああ。こっちはこの通り、手が離せないんでね」

箱だらけの部屋の中、言い訳のように時子はこたえた。彼女は今日、兄一家が暮らしていたこの豪邸に荷物と共に引っ越してきたばかりなのである。

クラシカルなメイド姿のアンドロイドは美しい色白の頬をパッと染めて言った。

「わたくしのような者がお嬢様をお慰めしても、よろしいものでしょうか？」

「変な謙遜するんじゃないよ。パパッと慰めてやってくれ。たのむよ」

「かしこまりました」

ぶっきらぼうな時子の言葉遣いにも動じることなく、ハンナは頭を下げ、出ていった。

時子が絵美里と共に暮らすのは、兄の遺言に従ってのことだった。

また、時子は兄から幾許《いくばく》かの遺産を相続しており、その中にはハンナも含まれていたのである。

　このアンドロイドを相続または廃棄処分にする——というのが、時子に与えられた選択肢だった。時子は、人間同然の心を持つアンドロイドを不要だからと殺すのはあまりにもかわいそうだと、ハンナを財産として相続したのである。

　今や、時子はハンナにとっては主人だった。

　しかし、時子は人間嫌いであり、特に子供とアンドロイドは苦手だった。子供は人間のくせに人間の言葉が通じないことが多々あるし、アンドロイドは作り物のくせに人間そっくりで気色悪いからだ。実は、ハンナと絵美里の両方と暮らすことになり、時子は完全に戸惑っていたのである。

　ハンナが部屋を出てから数秒後、時子は思った。ハンナはどのような言葉で絵美里を慰めるのだろう？

（わたしも他人を慰める方法を学んでおくべきかもしれない）

　人づきあいが苦手な時子は殊勝にもそう思い、ハンナを追って部屋を出た。

＊

　父は日本人の映画監督、母はアメリカ人の大女優。その二人の間に生まれ、蝶よ花よと育てられた絵美里は、栗色の髪に叙情的な瞳の、人形のように愛らしい少女である。

居間の真ん中に敷かれたフカフカのカーペットの上で、絵美里はクッションに顔をうずめていた。美しい巻毛がふんわりと広がっている。

時子はドアの陰から、そっと様子をうかがう。

「お嬢様」

ハンナは優しく声をかけ、絵美里のすぐ横に座った。

「あなた様は魅力的ですわ。それに、お美しい。奥様によく似ておられて……」

(なんだか、口説いてるみたいだな)

「元気をお出しくださいませ。わたくし、お嬢様にお仕《つか》えしとうございます。どうぞ、わたくしをあなた様の奴隷にしてくださいませ」

(奴隷……?)

時子がその言葉に大いなる疑問を感じている間に、ハンナはなにを考えてか、おのれのスカートの裾を上へとずらしはじめていた。

「奥様や旦那様がなさったように、わたくしを……。遠慮なさることはございませんわ。わたくし自身、それを望んでいるのです」

濃紺のセミロングのスカートの下は、レトロなフリフリのペチコート。スラリとした脚を包むストッキングは、黒いガーターベルトで留められている。

「だって、ほら……もう、こんなに濡れております……」

（ぎょえーっ！）

時子は突撃する兵士のごとく、ドアの陰から飛び出した。

絵美里が目をこすりながら、ゆっくりと身を起こす。

しかし、その前に時子は無言のままハンナの腕をつかみ、力づくで彼女を絵美里から引き離していたのである。

廊下を走り、少し離れた別の部屋にハンナを引きずり込み、時子は彼女をしかりつけた。

「なんてこと言うんだっ！　いたいけな少女に、おまえは！」

「でも、お慰めしろと、ご主人様が……」

「慰め方が違うっ！」

怒鳴ってから、時子はハッと気づいた。

「おまえ、もしかしたら……家事用アンドロイドじゃなくて、セクサロイドか？」

「はい」

ハンナはあっさりと肯定した。

「自慢ではございませんが、わたくし、セックスが三度の飯より好きでございます」

「おい、おい、おい。『ございます』じゃねえよー。勘弁してくれよー」

時子の声は完全に裏返っていた。

メイドの姿でてきぱきと家事をこなしているからてっきり家事用アンドロイドかと思いきや、こいつは夜のお相手用アンドロイドだったのである。とんでもないものを相続してしまったものだ。

時子はなんとか冷静になろうと試みつつ、ハンナに訊く。

「あのさ……おまえみたいなのが家にいて、夫婦仲は大丈夫なわけ？」

「はい。わたくしは、旦那様と奥様、両方のお相手をしておりましたから」

「りょ、両方のっ？」

「はい。奥様はバイセクシュアルでいらっしゃいました」

「なにぃっ？」

「おまけに、旦那様はサディストでいらっしゃいました」

「…………」

「そんなお二人のお相手をすべく買われたわたくしは、バイセクシュアルでありマゾヒストなのでございます」

「おい、おい、おい。『ございます』じゃねえよー。勘弁してくれよー」

思わず時子は、さきほどと同じ台詞《せりふ》を繰り返していた。

「だいたい、なんでセクサロイドがメイドの格好して家事をしてるんだよっ？　ここはどういう家庭なんだっ？」

ハンナはしれっとした顔でこたえる。

「旦那様は制服フェチでもいらっしゃいましたし、奥様は常々『女主人とメイドというシチュエーションが一番燃えるわ』とおっしゃっておいででした。ですから、わたくしは買われてからずっとメイドとして働いてきたのです」

つまり、彼女が家事に従事しているのは、プレイの一環だったのだ。

よくよく見れば、ハンナは非常に蠱惑《こわく》的な美女である。

歳は時子よりも少し上、二十代なかばに見える。燃えるような赤毛に、濡れた輝きの緑の瞳、ちょっと厚みのある柔らかそうな唇……。胸も腰も理想的な曲線を描き、見る者の欲情をそそるために設計されたことは明らかだ。

「どうぞ、これからはいつ何時であろうとお好きなときに、わたくしに伽《とぎ》をお申しつけくださいませ。わたくし、心よりお待ちしております」

それだけ言うと、ハンナは恥じらいの乙女のごとくポッと頬を染めた。

時子はクラッとめまいを感じ、そして心の底から思った。

（勘弁してくれ……）

＊

地球人類は、本来は生殖活動の一環であった性行為というものを、単なるコミュニケーションとして行うようになったという点で、天才的でもあり変態的でもあった。

ただし、時子にとって幸いだったのは、性行為などせずとも人間は生きてゆけるということだった。

とにもかくにも、人間は嫌いだった。他人に対しては強い興味は持てなかったし、生まれてこのかた二十二年、恋をしたこともなかった。

彼女が常に愛していたのは、学問と読書であった。

両親はすでにない。歳の離れた兄には家庭があり、時子は大学に在籍している現在までずっと、兄から経済的援助を受けつつ一人で生活してきたのである。

しかし、これからは一人ではない。ハンナと絵美里の両方とうまくやってゆかねばならないのだ。

自分は絵美里の保護者であり、ハンナの主人でもある。この家庭という閉ざされた空間で人間関係を調整するのは、自分の役目なのだ。

手始めに、時子はハンナに厳しく言い聞かせることにした。

「いいかっ？　『こんなに濡れております』は言うなっ！　『こんなに濡れております』は！」

「どさくさにまぎれて、ご主人様、二回も繰り返されるなんて……ご自分だけ、ずるうございます」

恨めしげに見あげたハンナを、時子は怒鳴りつける。

「おまえが言わせてるんじゃないかっ！」

「好きでおっしゃってるくせに」

「好きで言ってるわけじゃないっ！」

「わたくしの決め台詞でしたのに……」

ハンナは非常に不満げである。

「たのむから、決め台詞なしで絵美里を慰めてくれっ」

「でも……決め台詞なしで、一体、どうすればよろしいのでしょう？」

「自分で考えろっ」

時子は投げやりを装ったが、実は、慰めの言葉など思いつかないというのが本音だった。要するに、ハンナに責任を押しつけているわけである。

ハンナはかすかに眉根を寄せ、考えている。それから、突然明るい声になって言った。

「そうですわ！　よい考えがございますわ！」

「なんだ？」

「無言のまま、お嬢さまの手をとって、わたくしの下着の中に導くのでございます。二人の間に、言葉などいりません。……よい考えでございましょう？」

「なお悪いわっ！」

「なかなか秘めやかでいいと思ったのですが……」

「どこが秘めやかだっ！」

「必ずや、青春のよき思い出となることでございましょう」

「なるかぁっ！」

怒鳴ってから、ゼエゼエと息を切らしていることに気づいた。

引っ越し作業の肉体的疲労に加え、このアホなセクサロイド相手の精神的疲労——。

（もう、家出したい……）

引っ越し早々、それが時子の率直な感想だった。

＊

もう一度、時子はハンナを絵美里の許に送り出すことにした。

「指一本触れるな。一言も言うな。ただ、そばにいてやってくれ」

色気過多の一面は否めないが、美しく優しげなハンナは、黙っていれば、きっと絵美里の心を動かすことだろう。

黙ってそばにいるのなら、自分よりはハンナのほうが適役だ。こんな、ジーパンにTシャツ姿で、髪をひっつめに結んで肉体労働真っ最中の埃まみれの叔母なんぞでは、傷ついた絵美里の心は慰められまい。

さきほどと同じように、ハンナは絵美里の横に座った。

絵美里はクッションに顔をうずめたままだ。

しばらく、二人はそのままでいた。が、突然、絵美里は身を起こし、ハンナを見た。

ハンナは優しく微笑みかける。

（いいぞ。その調子だ）

絵美里の柔らかそうな頰を涙が伝っていった。

すると、ハンナは身を乗り出し、いきなり、涙をペロリと——。

「やめろぉっ！」

時子はあわててドアの陰から飛び出し、ハンナを部屋から引きずり出した。

そして、今度は、かなり離れた自分の部屋まで、彼女を連行した。

「なんてことをするんだっ！　おまえは！」

「でも、わたくし、お嬢様には指一本触れてはおりませんし、一言も申してはおりません」

「だからって、舐めることたぁねえだろっ？　舐めることたぁ！」

言い聞かせようとして、時子は思った。アブノーマルな生活をしてきたセクサロイドには、もう、常識を教えようとしても無駄なのかもしれない。

やはり、最初に「廃棄処分」でなく「相続」という道を選んだ自分が間違っていたのかもしれない。

怒りにまかせて時子は言い放った。

「もう、おまえなんぞは、廃棄処分だっ！」

「ああっ、お許しくださいっ！　お許しくださいっ！」

ハンナは平伏《ひれふ》し、時子の足にすがりついた。

「なんでもいたしますっ！　ご主人様とのSMプレイであろうと、ご主人様とのレズ・プレイであろうと！」

「さりげなくおのれの希望を述べるなっ！　ずうずうしいにも、ほどがあるっ！」

「まあ！　ご主人様、わたくしの熱き心にお気づきだったのですね！」

ハンナは目を潤ませ、両手の指を胸の前で組み、時子を見あげる。そして、つつっと立ちあがると、時子にしなだれかかってきた。

「うれしゅうございます」

「喜ぶんじゃねえっ！　アホがぁっ！」

バシッ！

怒りのあまり、思わず手をあげていた。

「ああッ……」

「変な声を出すなっ！」

「いいっ！」

「よくないっ！」

「わたくし、イッてしまいそうでございます」

「イクんじゃねえよーっ。たのむからよーっ」

「ご主人様、その切なげな声、女心をそそりますわ」

「おまえ……本当に幸せだよなっ」

時子はいまだかつてない疲労を感じていた。

言葉が通じない。常識が通じない。一体、兄夫婦はいかなる言語でもって、こいつとコミュニケートしていたのか。

(兄さん……どうして、こいつも一緒に連れていってはくれなかったのですか)

思わず亡き兄に心で語りかけている時子であった。

＊

人間と同じ心を持ったアンドロイドを廃棄処分にするなど、もってのほか——と、ハンナを相続した時子は、自分の信念が甘っちょろい理想主義でしかなかったことを充分思い知らされる結果となっていた。

しかし、理想なくして人は生きてゆけようか？

あきらめてはいけない。根気よく教えれば、ハンナもわかってくれるはずだ。それに、こちらも力仕事ばかりしていては、疲労のあまり合理的な判断もできなくなるだろう。

時子は休憩をとり、荷物に腰かけてコーヒーを飲みつつ、ハンナに言った。

「ただでさえ不在がちだった両親を亡くして、絵美里は愛に飢えてるんだ」

「その点ならば、需要と供給のバランスはすでに成り立っておりますわ。わたくし、お嬢様を深く愛しておりますもの。ほら、もう、こんなに濡れて――」

「おまえ……ほんとに、頭悪いよな」

時子は憐れみに満ちた目でハンナを見る。

「おまえは愛というものを知らないんだ」

「愛？　愛なら、わたくし、存じておりますわ」

「そういう性欲を伴う愛じゃないっ。その人を愛《いと》しいって思う、ただそれだけのシンプルな愛だっ。それをおまえは知っているのかっ？」

しかし、そんな愛を知っているかどうかという点では、時子自身も怪しいものだった。

「わたくし、愛しいお方には、自然とご奉仕したいと思ってしまうのですが、その『ご奉仕したい』という気持ちを抜きで愛せばよろしいのですね？」

「まあ、そんなところだ。愛しいって思うだけで、その先どうこうしたいは考えるな」

しばらくの間、ハンナは考え込み、それから言った。

「ですが、その『どうこうしたい』を抜きで愛しあうというのは、無意味ではございませんか？」

「そもそも、愛には愛以外の意味などない」

「でも、それでは、物足りのうございます」

——結局、こいつはそこに行き着くのか。

「おまえに怒っても、しかたないんだろうな」

あきらめのため息が、自然と出てきた。

「だいたい、兄さんがバカだったんだっ。心を持つアンドロイドをこんなふうに扱ってっ……。まともな人間のやることじゃないっ」

「…………」

ハンナはなにも言わなかった。時子の言葉に戸惑っているらしい。

時子も、それっきり、なにも言う気にはなれなかった。空《から》のコーヒーカップを荷物の上に置くと、無言のまま立ちあがる。

なんとなく、沈んだムードになってしまった。

それを紛《まぎ》らそうとしてか、ハンナは明るい声で言った。

「でも、旦那様と奥様には、いい思い出をたくさんいただきました。たとえば、わたくしが奥様に舌でご奉仕している間、旦那様はわたくしのアヌスをお攻めになられて——」

「お攻めになられて、じゃねえっ！　丁寧に言えばいいってもんじゃないだろうがっ！……まったくよぉー。そういうことは、他人に話すもんじゃないんだよっ」

「でも、わたくしとご主人様の仲ですから……。どうか、他人だなんて、おっしゃらないでくださいませ」

「おまえなぁっ……」

しなだれかかってきたハンナに、思わず時子は拳を固める。

暴力を予期したハンナは、おびえた仕草で身を引いた。が、その瞳はキラキラ輝いていたのだ。おそらくは、期待で。

そうと気づいた時子は震える拳をおろし、非常に苦労をしてその手を開いた。

ハンナは切なげな声で問う。

「なぜ……なぜ、打擲《ちょうちゃく》してはくださらないのです？」

「やめた」

「物足りのうございます。わたくしの欲望は満たされてはおりません」

——やはり、こいつは暴力を期待していたのだ。自分の目に狂いはなかった。

勝ち誇った気分で時子は言った。

「おまえの欲望なんざぁ、満たしてたまるかってんだよっ」

「ああ……。一度でいいから、ご主人様の折檻《せっかん》を味わってみたい……」

不気味な奴だと思いつつも、時子はクールに言い捨てる。

「一人で悶《もだ》えてろ」

「めちゃめちゃにしてほしいのに、指一本触れてもらえないなんて……。でも、そんな辛さもまた、格別でございます。はうぅっ……。ああ、辛いっ」

「変な声を出すなーっ！」

ゼエゼエゼエゼエ……。

取り乱した時子の負けだった。

(やっぱり、こいつ、廃棄処分にしてやろうかっ？)

ここ数時間で、時子は殺意が芽生えるのを抑えきれなくなっていた。

ハンナの主人となったからには、こいつを生かすも殺すも自分次第なのである。

＊

居間をのぞいたら、やはり、絵美里はクッションに顔をうずめていた。しかも、今度はちょうど悲しみが高まっているときだったのか、彼女は声をあげて泣いていたのである。

時子は、埃だらけ荷物だらけの自室に戻り、頭をかかえた。

「ああ、どうすりゃいいんだ……」

「ご主人様、あまり思いつめないでくださいませ。とてもお疲れのようですし」

「おまえが疲れさせてるんだよっ！」

時子が言い放つと、ハンナはハッとした顔で黙り込んだ。

そして、しばしの沈黙の後、ハンナは悩ましげなため息をついた。

「はあぁ……」

「今度は、なんなんだよっ！」

「そこまでご主人様に嫌われているのかと思いましたら、つい、想像が先走ってしまって……」

「なに想像してやがるっ！」

「きっと、ご主人様は、わたくしを廃棄処分にするにちがいありませんわ。『それだけはお許しください』と泣いて足にすがるわたくしを、残酷にも足蹴《あしげ》になさって、それから『この淫乱セクサロイドめ』とおっしゃりながら、髪をつかんで引きずりまわして、さんざん殴る蹴るの暴行を加えて、虫の息になったわたくしを野蛮な業者に引き渡して『殺す前に味見してやれ』とかおっしゃるんですわ！　残酷にも！　ああ……わたくし、怖い！　だけど、期待してしまう……」

「勝手な想像をするんじゃねえよーっ！」

ほとほとあきれはて、時子は声を絞り出す。

「結局、おまえ、どうなっても幸せなんじゃないかっ？　そうだろっ？　ええ？」

「苦痛イコール快感という、このアンチテーゼさえあれば、なにも怖くはございませ
ん」

きっぱりと言いきったハンナを見て、時子はハッと気づいた。

（こいつは能天気なアホに見えて、実は結構、辛い目に遭ってきたんじゃないか？）

「ご主人様……？」

どうやら、ハンナも時子の思いを察したらしい。

部屋は沈黙に支配され、気まずい雰囲気になってしまった。ただし、このとき初めて、
二人の心は通じあったわけである。

やがて――。

この沈黙に耐えられなくなったのか、ハンナは突然、時子に言った。

「そうですわ！　わたくしのオナニー、ご覧になりません？」

「いきなり明るい声で言うなぁっ！」

すると、ハンナはハッとし、目を伏せ、頬を染めておずおずと言い直す。

「もし、よろしかったら、わたくし、自慰行為をお見せすることもできますが……」

「恥じらいながら言えばいいってわけでもないだろうがっ！」

「では、これより、自慰行為をいたします」

「断固たる態度で言うなっ！」

もう、血管がブチ切れる寸前である。

「言い方を変えろって言ってるわけじゃねえんだよっ！　言うなってんだよっ！」

「わかりました。『不言実行』でございますね」

「実行もするなぁっ！」

ゼエゼエゼエ……。

めまいを感じつつも、時子は最後の力を振りしぼり、言い放った。

「セクサロイドのオナニーなんざぁ、面白くもなんともないんだよっ！　サルの自慰行為のほうが、珍しい分、まだましだっ！」

……勝った。

サル以下の宣告を受け、ハンナは美しい顔をショックに引きつらせ、凍りついたのである。

＊

（ますます事態は泥沼化……）

一向《いっこう》に片付かない自室で荷物の上に座り込み、時子は投げやりに思った。

目の前では、サルに敗れたハンナがシクシク泣いているのである。

おのれのエプロンに顔をうずめ、かぎりなく悲しげに嗚咽《おえつ》しつつ、ハンナは声を絞り出す。

「結局、わたくしは、ご主人様とお嬢様にとっては、役立たずなのでございますね。わたくしが究めた性の奥義も、ゴミ同然なのですね」

「当たり前だ」

冷たく肯定する以外に、一体なにができようか？

「ああ……旦那様と奥様にとってはなくてはならない存在であったわたくしが、なんということでしょう……。もう、わたくしを必要としてくださる方は宇宙のどこにもいらっしゃらないのですね……」

もはや、時子にはどうしていいのかわからなかった。

下手《へた》に慰めればきっとハンナは増長するにちがいない。

(それに、もしかしたら、こいつは、泣きながらもマゾヒスティックな快感を得てるのかもしれないし)

――と、このように言い訳じみたことを考えつつ、時子はハンナを無視していた。内心、罪悪感もあったのだが。

やがて、ハンナは泣くのをやめた。

なにを言い出すかと身構える時子に、ハンナは断言した。

「わたくし、思います。廃棄処分にされるのも、なかなかの快感であるにちがいありませんわ」

「おい……本気かよ？」

なにもそこまできっぱり言わなくたって、という思いで時子は訊いたが、ハンナは大真面目な顔でうなずいた。

「はい。わたくしはセクサロイドでございます。苦痛によってもエクスタシーに達することができなくて、どうしますか。それに、自慢ではございませんが、わたくし、〇・一秒で濡れますの」

「確かに、自慢じゃないな、それは」

「生涯最高のエクスタシーの中で、わたくしは昇天できるのです。これを悦《よろこ》ばずして、マゾヒストなどやっていられましょうか」

しかし、その緑色の瞳から、ポロリと涙が落ちた。

「おまえ、泣きながら言うなよ……。ああ、もう、湿っぽいなぁ」

時子はぼやきながらも、胸を締めつけられるような思いを感じた。こうなると、アホなハンナがあまりにも不憫《ふびん》だった。

「今日一日、わたくしは幸せでございました。夜のご奉仕をしたわけでもないのに、ご主人様は、わたくしにとてもよくしてくださって……。こんなことは、初めてでございます。わたくしの体を必要としない方々は、決してわたくしに優しくしてはくれなかったのに……。もう、ここで死んでも、なんの悔いもございません」

ハンナは無理に笑ったが、たちまち、泣き顔になった。そして、ふたたびエプロンに顔をうずめた。

「悔いもないはずなのに、どうして、この世がこんなに愛おしく、別れが名残惜しいのでしょう。わたくし、セックス以外では非常に淡白であったはずなのに……無欲であったはずなのに……。これでは、マゾヒスト失格ですわ」

「…………」

こいつにここまで言わせたのは、自分だ。能天気でアホでどうしようもないこいつに、ここまで——。

時子は後悔した。そして、なぜ後悔したかにも気づき、愕然とした。

自分はすでにこいつに情が移ってしまっていたのだ。

（なんてこと……）

さて、どうする？

（ええい！　こうなったら、もう、しかたないっ……）

いきなり意を決し、時子はハンナを抱きしめた。こんなことをするのは初めてだったため、かなり不器用なギクシャクとした動作になった。

腕の中、ハンナが柄にもなく身をこわばらせたのがわかった。

静かな声で、時子は言った。

「いいか？　ここで欲情したら、廃棄処分にする。下品なことを口にしても、廃棄処分にする」

ハンナは涙をこぼしながら、おとなしくしていた。

赤い髪は花のような香りがした。

鼓動が伝わってきた。さすがはセクサロイド。精巧に人体を真似て作られている。肌も温かい。人と同じだ。

しかし、作り物でありながら、それは時子にとっては人のぬくもりだった。ずっと思い出すこともなかった、切なくなるほど懐かしい感覚だった。

（母さん……）

八つのときに亡くした母を思い出した。心は過去へと跳び、甘く優しい幼年期がすぐ手の届くところにあるように感じられた。

しかし、それをハンナに覚《さと》られることは、時子のプライドの許さぬところだった。

一分ほどしてから、時子はハンナを離し、きっぱりと言った。

「よし。合格だ」

キョトンとしているハンナに、時子は続けて言った。

「ずっと、うちにいてもいいからな。メイドとして働いてもらう。絵美里のことは、そのうち、なんとかなるだろう」

多少の照れくささもあり、時子はハンナを置いて部屋を出た。

ドアを閉める前、ハンナがまた泣き出したのがわかった。

＊

そのまま、時子は居間に向かった。

ついに覚悟を決め、自ら絵美里の許へ行き、彼女に慰めの言葉をかけることにしたのである。

（傷つけることなど、恐れるな。絵美里はもう、悲しみのどん底なんだ。もし、ここでわたしが間違ってちょっとぐらい不用意な言葉をかけてしまっても、どうってことはないだろう）

いささか思いやりに欠ける論理で、怖《お》じ気《け》づきつつある自分を奮《ふる》い立たせる。

大きな音を立てぬよう、用心深くドアを開ける。

いかにも少女趣味なローズピンクのワンピースと愛らしい栗色の巻毛を目にしたとた

ん、足がすくんだ。が、勇気を奮って、一直線に絵美里の許へ歩いてゆき、そっと声をかける。

「絵美里」

反応がないことに少々ビクつきながらも、絵美里の横にそろそろと座り、優しい調子で言葉を続ける。

「絵美里が泣いてると、天国のお父様とお母様は、きっと悲しむよ」

(なぜ、わたしがこんな非科学的なことを言わねばならない?)

内心、時子はおのれの台詞に疑問を感じたが、絵美里はその言葉にガバッと顔を上げた。

身をこわばらせる時子の前、絵美里は激しく首を横に振り、言い放った。

「いいえ! 両親は悲しんでなんかおりません! 彼らはきっと、あの世でヤリまくってるにちがいありませんもの!」

「な……に……?」

一瞬、めまいを感じた時子に、絵美里は涙をためて訴える。

「あたくしとて、両親の死を嘆いているわけではございません。もう、悟りました。嘆いたところで、死者は戻ってきたりはしませんもの」

「じゃあ、なんで泣いてるんだ?」

「叔母様に直接申しあげてもしかたないことと、あきらめてはおりましたが……。でも、涙が止まらないのです」

ここまで言われたら、きちんと聞かなければ後まで気にかかり、夜も眠れなくなるにちがいない。

不吉な予感をかかえつつも、時子は問う。

「だから、なんで泣いてる？」

「……ハンナのことですわ」

絵美里はクスンと鼻を鳴らし、続ける。

「あれは、あたくしがいただくはずのセックス・マシーンでしたのに……。父の生前、あたくしはちゃんと予約しておいたのです。なのに、父は遺言で叔母様にあれを譲ってしまったのです！　なんという男でしょう！　父は嘘つきですわ！　あたくし、見損ないました！」

そしてふたたび、ワッと泣き声をあげてクッションに顔をうずめた。

やはり、絵美里はあの夫婦の娘だった。

時子はショックを受けつつも、必死で絵美里をなだめようとする。

「でも、ハンナは、大人のお相手をするアンドロイドなんだよ」

「そんなことは関係ございません！　あたくしとて、父や母のようにハンナによってめくるめく快楽の園へと到達できるものと確信しております！」

時子の頬はピキッと引きつった。

（たっ……たのむから、確信しないでくれーっ！）

心で絶叫したが、ここでひるんだところを絵美里に見せては、すべてが終わりだ。

「で、でも、法律で、セクサロイドは十八歳未満の人間のお相手はしちゃいけないっていうことになっているんだよ」

「そのような法律は考慮するにはおよびません！ あたくしがハンナの主人になれば、彼女にとっては、あたくしの言葉が『ルール』であり『法』なのです！ なのに、叔母様ったら、ひどい……」

絵美里はワッと泣き伏す。

要求そのものは大人のそれだが、要求の仕方は子供である。

（勘弁してくれ……）

時子は血の気が引いてゆくのを感じつつ、途方に暮れた。このまま家を出て、他の惑星へ移住してしまいたい気分だった。

彼女にとって最大の脅威は、ハンナと絵美里が明らかに共通の利害を持っていたことである。

（これから、この二人と、どうやって暮らしていけというのだ……）

それは、いつ爆発しても不思議ではない爆弾をかかえて暮らすようなものだった。

絵美里はなおも、悔しげに声を絞り出す。

「さっきだって、ハンナがあたくしに近づいたら、叔母様ったら二回とも、無理やり向こうに連れていっておしまいになるし……。叔母様だけハンナを独り占めだなんて、ひどいわ！　ひどすぎます！」

「ひ、独り占めしてるわけじゃないっ！　ハンナとわたしは、なんでもないいんだっ！」

時子は青くなった。いつの間にか、あらぬ疑いまでかけられ、変な弁解をせねばならぬ立場になっていたのである。

まこと、人の世とは、ままならぬもの。

（ああ、もう……もう、だれか、なんとかしてくれーっ！）

かくして、新たなる難問は、意外なところから現われたわけであった。

天国発ゴミ箱行き

一九六六年一月のことだった。

アジアのどこかで一人の若者が死に、あの世に行ったことから、それは始まった。

＊

太陽はない。なのに、明るい。

上下左右前後すべて、まわりは一面の青空。時々、雲も流れてくる。

わたしがいるのは、階段の上だ。壁も天井もなく、複雑にからみあった白い幅広の階段だけがポッカリと青空に浮いているのだった。

階段は、あちらこちらに点在している白い広場をつないでいた。

どうやらここは死後の世界であるらしい。

そう気づいたのは、しばらく経ってからだった。前世のことなどすっかり忘れていたのだから、無理もない。

わたしは、男性だった。肌の色からすると、黄色人種だ。しかも、老いの兆候はどこにも見られない。若死にだったらしい。

この階段世界は、非常に広い。どこが果てなのか、まったくわからない。することもないので、わたしはぶらぶらと階段を昇り降りした。

時々、人と会うこともあるが、話すべき話題などない。せいぜいが、挨拶代わりに「広いですねぇ」「そうですねぇ」と、間の抜けた言葉を交わすぐらいのものである。

人々はみんな裸で、様々な人種の人間がいた。男も女もいた。絶世の美女も、ものすごい美男もいたが、わたしが欲望を感じることはなかった。

友達になろうという意欲すら湧かない。なぜなら、全員に過去の記憶がなく、話をしてもお互い全然面白くないからだ。

気がついたときから、わたしは手に「324392」と印刷された紙を持っていた。

これがなにを意味するのかずっとわからなかったのだが、ある広場でいきなり、白い服を着た美しい黒人女に出会い、わたしは教えられた。

「これは、きみ自身が前世で積んだ徳のポイントなのだ。我々はトクトク・ポイントと呼んでいる」

厳格にもぶっきらぼうにも聞こえる落ち着いた口調で、黒人女は言った。

わたしは彼女に訊いた。

「それは『人徳の徳』に『お得の得』を引っかけた日本語の駄洒落《だじゃれ》ですね？」

「そうだ」

「わたしは日本語ができるんですね。ということは、前世は日本人でしょうか？」

「いや。そうではない。ここ死後の世界は国際的ゆえ、きみもいきなり国際人になってしまったのだよ」

「なるほど」

わたしは単純に感心し、それから、改めて彼女に訊いた。

「で、あなたは天使ですか？」

「娑婆《しゃば》ではそう呼ばれることもある」

そう言った彼女の背中に翼はなかったし、頭の上の光の輪もなかった。

「正確な肩書きは『人生プランナー』だ。きみたち死者が前世で積んだ徳に応じて、わたしは来世を設計し、きみたちにそれを与えるのだ」

「人生プランナー、ですか……」

奇妙な肩書きがあったものである。

「きみは、どんな来世を希望する？　国籍、性別、職業ぐらいは、決めておいてほしいのだが」

「そうですねぇ……」

わたしはちょっと考え、慎重にこたえた。

「今度は日本に生まれたいですね。平和ですし、どんどん豊かになってる国ですから。性別にはこだわりません。職業はクリエイティブなものを……映画監督か画家かデザイナーか作家か……。うん。作家に決めます」

「きみのトクトク・ポイントからすると、以上の望みはすべて実現可能だな。ほかになにか希望は？」

「ええと……できれば『色好み』と呼ばれる人になりたいですね。なんだか、楽しそうだから」

「よし。では、ただちに、きみの来世を設計してこよう」

「えっ。もう？」

簡単に言われてしまい、わたしは少々焦ったが、人生プランナーは余裕の笑顔でこたえた。

「安心したまえ。きみには三通りのサンプルを提示し、その中から選んでもらうことになる。悪いが、一日ほど待っていてくれたまえ」

そして、彼女は、階段を駆けあがっていったのだった。

一日ほど待っていてくれたまえ、などと言われても、夜など来ないのだから、どれだけ経つと一日なのか見当がつかない。しかたなく、わたしは、たまたまこの広場にやって来た白人の中年女性と北京語でしりとりをして過ごした。

やがて彼女は飽きてしまい、この広場を出ていった。

一人でじっとしているとますます退屈なので、わたしは逆立ち歩きの練習を始めた。

幸い、人生プランナーは、わたしが逆立ち歩きに飽きる前に戻ってきてくれた。

「待たせたね。きみの来世を三通り作ってみたよ。好色な日本人作家だ。まずは、一九六六年十一月十一日に沖縄で生まれる予定の大城千代子《おおしろちよこ》。女性だ。作品のジャンルはミステリ」

「へえー」

どうも実感がわかず、わたしは気の抜けた返事をした。

「今現在、沖縄はアメリカ領だが、一九七二年に日本に返還され、沖縄県となる。大城千代子は大学進学で上京してから、ずっと東京で暮らす予定だ」

「はぁ」

どうも実感がつかめないわたしの様子に気づいたのか、人生プランナーは提案した。

「きみに、大城千代子の人生の一部を見せることもできるが、どうだ？」

「それは、ぜひ見せてください」

「いつごろのものを見たい？」

「そうですねぇ。ある程度落ち着いた、三十ちょっと過ぎぐらいがいいですね」

「では、一九九九年の彼女をきみに見せよう」

人生プランナーが、サッと右手を上げると、青空に巨大なスクリーンが現われた。数秒の間をおいて、波打つ長い髪の女性がそこに映った。たちまち、わたしの胸は高鳴る。

どうやら、ベッドの中のようだ。

しかし、彼女は眠ってはいない。大きな目を開いて宙を見つめている。なにやら考え事をしているようだ。

ところで、自分の来世となるかもしれない女性を「彼女」と呼ぶのも、変な話だが、これはしかたがないだろう。「わたし」と呼ぶわけにはゆかないのだから。

印象的なパッチリとした目、人形のように長い睫毛《まつげ》、肉感的な唇、浅黒い肌。はっきり言って、美人だ。しかも、非常に神秘的な印象の。

わたしは身を乗り出し、人生プランナーに訊いた。

「もしかしたら、彼女、黒人とのハーフですか？」

「いや。クォーターだ。母親が、米軍の黒人兵と沖縄の女との間に生まれたハーフなんだ」

　アングルが変わった。

　なんと、彼女の横には、男がいるではないか！　わたしはワクワクしてきた。

　千代子よりは若そうな男だ。ほっそりとした首が、まるで少年だ。広い額が賢そうで、思わず撫でてあげたくなる。

　彼は眠っているようだ。裸の胸が気持ちよさそうに上下している。

「彼は、千代子の恋人の遠藤宏《えんどうひろし》だ。職業はイラストレーター。ハンサムだろう？　才能あるし、性格もいい。千代子よりも五つ年下だ。彼女とは一年前から恋人同士になっている」

　千代子は、宏の肩まで毛布を掛けてやった。自然な動作だった。

　魅力的な豊かな胸は、豊穣の女神を思わせた。

　そして、千代子は愛《いと》おしげに宏の額を撫で、そこに優しく唇を押しつけたのだった。

　とたんに、宏は目を開けた。

『起こしちゃった？』

　千代子の声を聞いて、わたしの心臓は高鳴った。なんて素敵なアルトなんだろう！

　ややかすれた声で、宏は言った。

『千代子さんは、ずっと起きてたの？』

『ええ』

『……そういうときって、なんとなく寂しくならない？』

最初は眠たげだった宏の目は、だんだんと開いてきた。まるで小さな子供だ。

わたしは、彼に好感をいだきはじめていた。

『自分は起きているのに、相手は眠っているときってさ。なんだか、孤独な気分にならない？』

『ええ。そうね。だけど、わたしは孤独が好きよ』

『おれには、わかるよ……』

『なにが？』

『千代子さんは、本質的に孤独な人なんだ。だれがそばにいても……おれがそばにいても、あなたは孤独なんだよ』

情事の前に、二人の間でなんらかの特別なやりとりがあったのだろうか。

夢見るような口調で、宏は言う。

『あなたの心にある、だれも入れない領域は広すぎるんだよ。あなたには自分の世界があって、おれはそこには絶対に入れないんだ。でも、おれが入ると、あなたの世界は壊れてしまうから……。だから、いつまで経っても、おれは千代子さんを遠くから見つめているような気分で……』

宏の澄んだ瞳からスッと涙が落ちた。

『なに、泣いてるのよ。バカね。これが遠くから見つめているっていう状態？』

笑い話にしようとする千代子に合わせてか、宏は無理に笑った。どこか痛々しい二人だった。

『おれ、千代子さんと違って、孤独には弱いんだ』

『どこが孤独なのよ？　これまでの人生で、わたしが一番気を許したのは、宏君よ』

『うん』

子供のように、宏はこたえた。

彼が、こういうときに気のきいた台詞《せりふ》を決められるような男でないことは、明らかだ。

千代子は限りなく優しい口調で彼に訊いた。

『ねえ、宏君。わたしの新作の表紙には、もうとりかかってくれてるの？』

『うん。あとちょっとで完成』

千代子は身を起こし、宏の唇に唇を重ねた。

そして、いたずらっぽく微笑んで言った。

『うれしい』

なるほど。千代子の著書の装画を宏が担当しているのか。

なんだか素敵な関係だ。

宏は照れくささを隠そうとしてか、苦笑しながら言った。

『いやだな。急に仕事の話なんかして』

わたしは人生プランナーに訊いた。

「千代子の作品って、売れているんですか？」

「新進気鋭のミステリ作家として、結構うるさい読者からも支持されてるよ。次に出る長編五作目の『迷宮のカナリヤ』が大ヒットする予定だ。その後も彼女は売れつづける」

「千代子と宏は、結婚するんですか？」

「いや。宏はそう望んでいたが、千代子はそれを拒《こば》む。確か、ちょうどこの映像の直前だったな」

「そうだったんですか……」

なんとなく残念な気持ちになったわたしに、人生プランナーは言った。

「千代子は好色な女でね。この時点でも、宏のほかに二人の男とつきあっている」

「そんな……！　宏が、かわいそうじゃないですか！」

「好色な来世がいいと言ったのは、きみだろう？　いやなら、ほかの人間にこの来世をまわすだけだ」

そう言われると、なんだか惜しくなってしまう。

「人生のサンプルは、あと二つ用意してある。次を見るか？」

「ええ。見せてください」

わたしはきっぱりと言った。

「今度は、男性だ。一九六六年十一月十五日に宮城県で生まれる藤島優二郎《ふじしまゆうじろう》。ジャンルは純文学。さっきの大城千代子とちょうど同じ時刻の彼を見せよう」

スクリーンに映ったのは、薄明るい蛍光灯に照らされた和室だった。

一人の男が、立っていた。適度に筋肉をたくわえた長身の男だ。

黒いTシャツに色褪せたブルージーンズが、野性的な雰囲気の彼によく似合っている。顔がアップになった。彫りの深い、白人とのハーフのような、典型的な二枚目だ。どこか皮肉な笑みを浮かべて、なにかを見おろしている。

またしても、わたしの胸は高鳴った。もしかしたら、わたしはこの男になれるかもしれないのだ。

わたしは人生プランナーに訊いた。

「ひょっとしたら、彼、白人の血が混ざってます？」

「いや。全然。しかし、ちょっと洋風の、いい男だろう？」

カメラがパンし、部屋の構造が明らかになった。

六畳の和室に、流し台とガス台がついている。

「風呂なしトイレ共同の安アパートだ。彼は貧乏暮らしを続けながら、理想の文学を追い求めている。それに、近々出る新作『一万本の薔薇の悲鳴』が大ヒットし、一躍売れっ子になる予定だ」

「それはかっこいいですね」

机の上には、ノートパソコンがあった。この時代の作家は、原稿用紙と万年筆ではなく、この小さなコンピュータで創作をする。

一九六六年現在、パーソナル・コンピュータなるものは存在しないが、なぜかわたしは映像を見たとたん、きちんとそれが理解できたのだった。

カメラ・アングルが変わった。

わたしは、ギョッとした。彼の足元には、一糸まとわぬ女が、おのれの膝を胸に押しつけるようにして座っていたのだ。

髪をきれいにセットし、完璧なメイクをほどこした女だ。どこかわがままな印象のある美人である。

彼女は、不安げな面持《おもも》ちでおずおずと言った。

『藤島君も脱いでよ』

『どうしようかなぁ？』

優二郎はニヤニヤしながら言った。軽薄でありながら深い知性が感じられる、美しい声だった。

　わたしは人生プランナーに質問した。

「この女の人は、恋人ですか？」

「いや。単なる遊びの相手だ。名前は及川彰子《おいかわあきこ》。中学時代の同級生で、今は弁護士の奥様だ。久々に開かれた同窓会で、この悪い男に引っかかってな」

　彰子は頬を紅潮させ、優二郎に言った。

『なにもする気がないのなら、服を返して。わたし、帰らせていただくわ。バカにされるのは、もう、たくさんよ！』

　優二郎はあいかわらず皮肉な笑いを浮かべたままだったが、ゆっくりとした動作で、畳の上に散らばっていた彰子の服を拾いはじめた。

　しかし、すべてを回収したとき、いきなり彼は窓の外にそれらを投げ捨ててしまったのである。

　彰子は息を呑んだ。

『帰りたければ、自分で拾ってこいよ。え？　奥さん』

　凄味のある口調だった。

　彰子は唇を震わせた。言葉は出ない。ただ、ちょっとつりあがった気の強そうな目が、涙で潤んだ。

『おれに拾ってきてほしいかよ？　なあ？　なら、まず、口でおれの愚息にご奉仕して満足させてくれよ。その、お上品ぶった口でさ』

優二郎は美しい動作で椅子に座ると、ジーパンのジッパーを下ろし、立派なものを取り出した。

ちょっと得意そうに、人生プランナーは言った。

「上反《うわぞ》りだ。なかなかのお宝だろぅ？」

わたしは無言でうなずいた。

『あんたがご奉仕してくれないのなら、おれ、あんたをながめながら自分の手でやっちゃうぜ。それでもいいのかよ？　え？　だれもあんたの服を拾ってきてくれるご親切な奴なんていないぜ。ひょっとしたら、こうしている間にも、だれかが盗んでいっちまうかもなぁ。このアパート、男ばっかりだもんなぁ。まあ、あんたが恵まれない男のために慈善事業を始めたいって言うのなら、おれもかまわないけどよ』

『ひ、ひどい……』

彰子の目から、涙がぽろぽろとこぼれた。

……なるほど。高慢そうな金持ち女をジワジワいじめる来世も、悪くないかもしれない。

『ところでさぁ、あんたの下の口は、おれを咥《くわ》え込みたくて、よだれを垂らしているんじゃないの？　なあ、そうなんだろ、奥さん？　おれにぶち込んでもらいたくて、うずうずしてるんだろう？　だったら、おれの言う通りにしろよ。あとで思う存分かわいがってやるからさぁ』

優二郎の台詞に、わたしは思わず率直な感想を洩《も》らしていた。

「悪い男ですねぇ。まるでポルノみたい」

「もう、やめるか？」

「いや。見ます」

わたしはキッパリこたえた。これからがいいところではないか。

それにしても、こんな映像を無料で見られるとは、なんとなくお得な気分である。さきほどは恋愛映画、今回はポルノ映画ときた。やはり天国はよい所であった。

彰子は、優二郎の前にひざまずき、彼の股間に顔をうずめた。

優二郎は満足そうに低く笑った。

『もっと気ぃ入れてしゃぶれよ。根元まで咥え込んでさぁ』

優二郎は彰子の頭をつかみ、おのれの股間に押しつけた。

彰子は喉の奥で小さな悲鳴をあげる。

『なぁにが弁護士の奥さんだよ。上品ぶりやがって。そりゃ、あんたの旦那は立派なお方かもしれないけどさぁ、あんたは一体、なんなのよ？　単なる淫乱女じゃねえかよ』

彼の台詞を聞いて、わたしは思わず顔をしかめた。

「うわぁ、ひどいこと言ってますねぇ！」

「いや。しかし、実は彰子も『かわいそうな自分』に酔っているのだ」

「なんだ……」

すでにSMだったか。

……うむ。SMを楽しむ来世もまた、捨てがたいものだ。

クチュクチュピチャピチャと、淫猥《いんわい》な音が響いている。

しかし、わたしは少しも興奮しない。すでに肉体を失っているからだろう。

この光景を興味深いとは思うのだが。

やがて、優二郎は小さくうめき、彰子の口中に欲望を放った。

咳込む彰子に、彼は面白がるように言う。

『全部飲んでくれよ。もったいないからよ』

気位《きぐらい》の高そうな彰子の頬には、涙が伝っていた。

これは楽しそうだ。わたしも来世でこんなことをやってみたいものである。

「次の人生のサンプル、見るか？」

「いいえ。もうちょっと、見せてください。この男、気になります」

すでにわたしは興味津々である。

『へぇ。もう、こんなグチョグチョじゃねえかよ。前戯もいらないから、楽なもんだよなぁ』

優二郎は彰子を畳の上に転がすと、彼女の両脚を大きく割り開き、いきなり腰を突きあげた。

『ああっ！』

彰子は優二郎にしがみつき、熱を帯びた声で言う。

『藤島君も……服、脱いでっ……ああっ』

『なんで、誇り高いこのおれが、あんたに玉の肌を見せなくちゃならないのよ？　なんでわざわざ、あんたの目を楽しませてやらなくちゃならないのよ？　あんた、旦那の裸をしょっちゅう見てるんだろ？　ほかの男の体も見たいなんて、そんな虫のいい話がある？』

優二郎は、彰子の胸を揉みしだいた。

『あっ……ああっ……』

『奥さん、このボロアパート、音が筒抜けなんだよねぇ。よがり声も、ほどほどにしないと、両隣と上の階の男に聞かれるぜ』

『…………！』

優二郎の意地悪な言葉に、彰子は表情を引きつらせた。

『まあ、おれは聞かれてもいいけどよ。ところで、あんたの服、まだ外だったよなぁ。ブラジャーもショーツもパンストもガードルもあったっけねぇ。あれ、盗まれなければいいよねぇ』

『あっ。ああんっ……。藤島君っ。あまり……あまり、声をあげさせないで。ああっ……！』

『そう言われると、よけいになぁ……』

優二郎は、ますます、腰の動きを速くした。

『あんっ。いやっ……もう、許してっ。あっ……あっ……』

「どうだい？ ご感想は」

人生プランナーの声に、わたしはハッと我に返った。

「なんだか、たちの悪い男ですね。あまりにもマッチョで、ちょっと恥ずかしいです」

夢中になっていたところを見せまいと、わたしは言った。

「しかし、バッチリ好色だぞ。しかも、確実にもてる。この調子で、生涯に百三十二人の女と性交渉を持つ。しかも、商売女は一人もいない。すべて、おのれの魅力で獲得した女だ。これは楽しいぞ」

「うーん。確かに、本人はすごく楽しそうですよね。あんな人生もいいかなぁ」

「まあ、次のサンプルも見たまえ。南国風の女、洋風の男ときて、今度は、和風の女だ」

　ほう。それは興味深い。

「今度のはすごいぞ。気に入ったら男とも女とも関係を持つ奴だ。一九六六年十一月二十三日、東京に生まれる森奈津子《もりなつこ》という作家だ」

　スクリーンに映像が現われた。

　畳の上に、女が寝ている。

　パソコンにテレビに本棚に机にＣＤコンポにＣＤラック。これが仕事部屋だろうか。着ているものは、トレーナーにジーパン。短い髪に、くっきりとした眉が、まるで男の子だ。睫毛は意外と長い。

「うわぁー！」

　わたしは思わずうれしげな声をあげていた。

「汚い部屋！」

「部屋ではなく、ちゃんと本人を見ろっ！　それに、この部屋は汚いわけではない！　彼女は締切直前なのだ。本、雑誌、新聞、パンフレット、切り抜き……すべて、執筆のための資料なのだ！　散らかってはいても、ゴミはひとつもないのだ！」

　なに、むきになって弁護しているのだろう、この御仁は。

　わたしは疑問に思いつつも、奈津子をじっくりと観察し、率直な感想を述べた。

「こういう顔は、あまり好みではありません。そもそも、前の二人とくらべると、明らかに容姿が劣りますし。元々、わたしは、一重まぶたって、あまり好きではないんですよ。それに、彼女、いやに血色が悪いですよね。ちゃんと食べてないいんじゃないですか？　それとも、病気持ち？」

「失礼な！　彼女は締切前で、疲れているだけだ！」

なぜ、むきになる？

いや、いくらしょぼい女でも、この人物を設定したのは、彼女なのだ。わたしの言葉を不快に思うのも、無理はない。わたしも、少々、配慮が足りなかった。

反省したわたしは、人生プランナーに訊いた。

「彼女の作品、ジャンルはなんなんです？」

「デビューはお笑い系少女小説。五年目でレズビアン雑誌に短編を発表したのをきっかけに、大人向きの小説を書きはじめる。この頃は、SFとホラーと現代物が多いようだな。性愛をテーマとした作品を好んで書いている。特にレズビアン物をな」

「へえ。結構、多才なんですねぇ」

本当は「方向の定まらない作家」と表現してやりたかったのだが、ここはサービスだ。

人生プランナーは気をよくしたのか、うれしそうに言った。

「このちょっと前には、彼女、官能小説と児童文学を並行して書いていてね」

「げっ。最低っ」

ついつい出てしまったこの本音に、人生プランナーの表情は凍りついた。

わたしはあわてて話題を変えた。

「彼女、今、セックスしてませんね。寝ているだけでは、つまらないですよ」

「しかし、彼女は好き者だよ。ふふふ」

人生プランナーのご機嫌をとるべく、わたしは調子を合わせた。

「好き者なんですか？」

「知りたいかい？」

「知りたいです」

いかにも意味ありげな薄笑いを浮かべつつ、人生プランナーは切り出す。

「この奈津子はだねぇ、実は、こう見えて……」

彼女のもったいぶったような口調に、思わずわたしもゴクッと生唾を呑み込んだ。

「実は、こう見えて、なんなんです？」

「実は、こう見えて、ここ五年間、一度もセックスしてないのだ！」

「ええーっ？」

わたしは声を絞り出した。

「それのどこが好き者ですかっ？　彼女が好き者なら、ミミズだってオケラだってアメンボだって電信柱だって名古屋名物ういろうだって好き者ですよっ！」

激しく言い放ったわたしに負けじと、人生プランナーも声を張りあげる。

「そう思うところが、素人のあさはかさ！」

素人って……一体、なんの素人ですか？

「本当は、彼女はセックスしたくてしたくてしたくてたまらないのに、それをわざと我慢しているのだ。そして、マゾヒスティックな快感を極めようとしているのだよ。これぞ究極の自家発電！」

しかし、全然発電している様子はないのですが……。

なのに、人生プランナーは力を込めてわたしに訴える。

「すごいだろう？　好色だろう？　好き者だろう？　エッチだろう？」

……エッチなのだろうか？

これがエッチなら、ミミズだってオケラだってアメンボだって（以下略）。

「どうでもいいけど、そんなことしてたら、処女膜が再生しませんか？」

わたしの投げやりな冗談に、人生プランナーは大真面目にこたえた。

「その心配はない。彼女にはバイブレーターの『原田君』と『松島君』がついているからな」

……なんて女だ。バイブレーターに名前をつけてやがる。

しかし、振られた話を却下するわけにもゆかず、わたしは訊いた。

「その『原田君』『松島君』というネーミングの由来はなんなんです？　昔、つきあっていた男の子の名前ですか？」

「いや。奈津子が中学時代、レイプしたいと常々思っていたが果たせなかった同級生の美少年二人の名前だ」

やっぱり、この女になるのは、ちょっとイヤかも……。

「なんだ。不満か？」

「ええ。とっても」

「では、彼女が今、凝《こ》っているエッチなプレイを教えてあげようか？　ふっふっふ」

「教えてください」

エッチなプレイと聞いて思わず顔を上げたわたしに、人生プランナーはグフフと笑いながら言った。

「こいつはだなぁ、いかにも飢えているような男や女にねらいを定めて、モーションかけるんだ。ホイホイ簡単に釣れるような奴にな。で、携帯電話の番号を教えてやる。『一人が寂しい夜には、お電話ちょうだいね』とかなんとか言って。そのうえで、携帯電話の着信音は消してマナーモードにしておく。そして、彼女は、着信があるたびに、ブルブルと震える電話機をおのれに突っ込んで、楽しむのだ。欲望に股間をふくらませて電話をかけてくる男や、同様に股間をしとどに濡らして電話してくる女の、そのギラギラした欲望を想像しては、彼女は自慰にふけるのだよ。そして、絶対に、彼らには体を開かないのだ。すごいだろう？」

確かに、すごい。が、悪い意味で。

しかも、バカバカしい。

いかん。

こんな女になっては、いかん。人生おしまいだ。

この人生は、却下だ——そう決意したとき。

「あっ」

思わずわたしは小さな声をあげた。

スクリーンの中で、それまで眠っていた奈津子が、いきなりムクリと起きあがったのだ。

目を開けたその顔を見て、わたしは少々がっかりした。

意外と長いように見えた睫毛は、完全なすだれ状態で、ちっとも目立たなかったからだ。

『うーっ。よく寝たぁーっ』

グオーッと豪快にあくびをしたその顔にも、わたしはがっかりした。

なによりも、その声がとても美声とは言えないものであることに、わたしは心底失望した。来世では、わたしは自分の声の質にこだわりたかったのだ。

彼女は畳の上に両手をついてぺたぺたと移動すると、机のひきだしから、一個のバイブレーターを取り出した。色はピンクだ。

『松島君、ご指名だよぉー』

おお！　ここは、いきなり、自慰行為に突入かっ？

わたしは身を乗り出した。

スイッチが入り、シリコン・ゴム製のペニスはブォーンと音をさせて動き出した。

そして彼女は、おもむろに、そいつを肩に当てたのである。

『うーっ。効く、効くーっ』

大人のおもちゃを肩もみ機代わりにしてやがる……。

『ああ、天国、天国。あいかわらず、松島君はうまいなぁ。これがホントの孝行ムスコ、とかねっ』

とかねっ、じゃねえよっ！

わたしは思わずツッコミを入れていた。

そんなわたしの心中を察することもなく、人生プランナーは訊いてきた。

「どうだい、彼女？」

「ギャグのセンスがちょっと……」

「確かに『孝行ムスコ』はよくなかったな」

人生プランナーは素直に認めた。

奈津子はバイブレーターで肩をマッサージしつつ、パソコンのキーボードを押した。

それまでスクリーンセーバーがうごめいていたモニターに、執筆中の作品が現われた。

タイトルは「天国発ゴミ箱行き」だ。一体、なにを書いているのやら……。まだ、全然原稿は進んでいないようだが。

モニターを一瞥するなり、奈津子はうめくように言った。

『うー、だるい』

そして、ふたたび、だらしなく畳の上に転がったのである。

大人のおもちゃの松島君も転がった。畳の上で、うねうねと動いている。

間抜けな光景だった。

それに、わたしは、彼女の色気に欠けた気だるさが、どうも気に食わないのだった。

千代子の神秘性や、優二郎のくずれた魅力に匹敵するものが、この気だるさなのだろうか。ならば、こんな人物にわたしはなりたくはない。

わたしはふたたび決意し、人生プランナーに言った。

「はっきり言って申し訳ありませんが、この女、明らかに、前の二人とくらべるとランクが落ちると思うのですが」

「なにも、そんなふうに自虐的にならなくてもいいではないか」

「自虐的ではありませんよ。わたしは、この女になるつもりはないのですから」

「まあ、そう決めつけずに。作家としての仕事ぶりも聞いてくれたまえよ」

「なにか華々しい活躍でもするのですか？」

「すごいぞ、彼女は。『児童文学から官能小説まで』をモットーに一生書きつづけ、食いっぱぐれることもないが、収入はいつもギリギリ生活できるだけの分だ。低空飛行で、一生、飛びつづけるのだよ。一作二作で消えてゆく作家がごまんといるこの世界でだ。このしぶとさ、いいだろう？」

「あのぅ……。しかし、大城千代子と藤島優二郎は、もっと華やかに活躍する作家ではありませんでしたっけ？　ヒットも飛ばすという話でしたし……。同じトクトク・ポイントで得られる人生としては、森奈津子はパッとしませんよね」

「いや、すごいぞ。彼女は非常に長生きするのだ。大城千代子は六十七歳で癌で死亡。藤島優二郎は五十二歳で飛行機事故で死亡。それに対して森奈津子は、百九歳で道端に捨てられていたマンゴーの皮を踏んづけて滑って転んで頭を打って死亡という大往生だ。この、バナナではなくマンゴーの皮で滑るところがまた、オリジナリティにあふれていいだろう？　普通はなかなかできないことだよなぁ」

確かに、普通はなかなかできないことだろう。ただし、そういう死に方ができるほうがおかしいという意味で。

「マンゴーの皮はどうでもいいのですが……森奈津子の百九年の生涯と、藤島優二郎の五十二年の生涯が、同じ価値だというのが、ちょっと納得できなくて……。はっきり言って、森奈津子って、一年あたりの単価がものすごく安くありません？　なんだか、いやですよ」

わたしが不満げな声を出したところ、人生プランナーは、あわてて言った。

「しかし、この人生は、なかなかのお買い得だよ」

「だから、どこがです？」

「実は、乳首はかわいいピンク色なんだよ。きみ、想像しただけでエレクトしないかね？」

「全然エレクトしませんよっ！」

もしかしたら、この人、馬鹿ではないだろうか？　他人の人生を決める重要な役割を担っているくせに。

わたしは人生プランナーに不信感をいだきはじめ、つけ加えた。

「それに、べつにいちいち乳首を見せて歩くわけではありませんから、たいしてありがたくはありません」

「そうか……」

人生プランナーは眉間《みけん》に皺を寄せて苦悩しているような顔をしてみせたが、すぐにパッと顔を上げると、わたしに言った。

「ちなみに小陰唇《しょういんしん》は、立派に左右対称だぞ」

「だ・か・らぁ、人間、いちいち小陰唇を見せて歩くことなんて滅多にないんですから、あんまり関係ないんですよっ、そういうことは！」

「滅多にないのではなくて、全然ないのではないか？　普通」

「い、いきなり、変なツッコミ入れないでくださいっ！」

「変なことを言うきみが悪い」

「あなたのほうが変なこと言ってるでしょっ？　さっきから！」

ああ、なんでわたしがこんなふうに声を荒らげなくてはならないのだ。もう死んでいるというのに。

――と、こちらはここ数分ですっかり疲れきってしまったのだが、人生プランナーは一方的に、気を取り直したような明るい口調で言ったのである。

「そうだ！　膣《ちつ》の内壁に数の子をつけてあげよう。すごい名器になるぞ！」

「いりません」

「ならば、ここは出血大サービスで、ミミズ千匹だっ！」

「もしや、きみは、きんちゃくのほうがお好みかな？」

「いりませんってば！　そういった、性器にちょっとしたオプションをつけてもらえるとしても、わたしはいやですっ！　お茶の間テレホンショッピングの高級押し入れ箪笥《だんす》に今ならもれなくついてくる超便利野菜カッターじゃないんですよっ！　あなた、女体の神秘をなんだと思っているんですかっ！」

わたしは言い放ち、反対に訊いてやった。

「それとも、もしかして、あなた、実は同性愛者で、こういう女がタイプなんじゃないですか？　あやしいなぁ！」

「いや。キッパリ嫌いだ」

大真面目にこたえた人生プランナーに、わたしは詰め寄った。

「なら、どうして、こいつをわたしに勧めますかっ？」

「いや、きみ、なんだかんだ言いながらも、実はこういうタイプが好きなのではないかと思ってねぇ」

「なんですか、それは！　わたしは『好きな男の子には素直になれないちょっと生意気な女子中学生』ですかっ？　ええ？」

「いや、そんなかわいいものではないと思うが」

「いりませんって！」

「……あなた……結構、失礼ですね」

「……すまん」

「言っておきますが、わたしは来世で変態女になるつもりはありませんからねっ。だいたい、変ですよ、あなた。ここまでこの女を勧めるからには、なにか特別な理由があるんでしょっ？　一体、どういう裏があるんですっ？」

「そ、それは……」

「いいかげん、白状してください！」

わたしの詰問《きつもん》に、人生プランナーはしぶしぶ口を開いた。

「じ、実は……」

「実は、なんなんですっ？」

「実はだな、この森奈津子は、売れ残りなのだ」

「売れ残り？」

「このサンプルは、これまでに、九百九十九人の死者に拒絶されてきたのだよ」

……無理もない。

このトクトク・ポイントで得られる来世としては、きっと最悪のサンプルだったのだろう。「細く長く」の人生もほどほどにしておいたほうがよいという好例だ。

それに「これがホントの孝行ムスコ」……あれはいけなかった。あの台詞は特に、死者たちの「この女になってみようか」という意欲を削《そ》いだだろう。

「千人目のきみに断わられたら、このサンプルは破棄せねばならん」

「破棄？」

「つまり、森奈津子という人間は生まれないことになる」

「……うーん。まあ、それもよろしいのではないでしょうか？　人生いろいろですし」

「人生いろいろ、ってねぇ、きみ……。生まれなければ、人生いろいろもなにもないだろう。そもそも、せっかく作ったのに、もったいないではないか。わたしの苦労はどうしてくれる？」

「だから、わたしにこの人生を選べと？」

「そうだ」

あっさりとこたえた人生プランナーに、わたしは冷静に、しかし抗議するように言った。

「わたしの来世をどうしてくれる？」

「うーん……。そりゃそうだよなぁ」

人生プランナーは考え込んだ。

そして、渋い顔をしつつも、わたしに言ったのである。

「まあ、選択権があるのは、わたしではなくきみだ。好きな人生を選びたまえ」

「わかりました」

わたしは安堵し、思わずフッと笑った。

藤島優二郎と大城千代子、どちらにしようか。

優二郎はかっこよかったが、傍目《はため》から見ると、ちょっとセックスのお作法が恥ずかしかった。あれがポルノ小説の主人公なら上出来だと思うのだが、やはり、それが実在し、しかも自分だとなると、少々考えてしまう。

千代子は、いい感じだった。胸の形がよく、深みのある美しい声をしていたし、エキゾチックで神秘的だった。作家としても売れつづけるようだし。

それに、恋人の遠藤宏も、わたしは気に入った。賢そうな目をした少年めいた彼が、わたしは忘れられなくなっていた。

よし、決めた。

「大城千代子にします」

「そうか。では、森奈津子は破棄だな。こんなケースは滅多にないのだが……」

人生プランナーは、残念そうに言った。

「これできみは、十月十日《とつきとおか》後、大城千代子として沖縄に生まれることになる。いいな？」

「はい」

わたしはきっぱりとうなずいた。

次の瞬間、わたしは非常に小さな温かいものに閉じ込められていた。

ああ、これは卵細胞か――わたしはぼんやりと思った。ずいぶんと簡単に済んでしまったものである。

これから、わたしは、大城千代子という美しく才能ある女になってゆくのだ。

ああ、素敵だ……。

そして、それっきり、わたしの意識は闇に包まれたのだった。

*

こうして、サンプル「森奈津子」は破棄された。

この世には森奈津子という作家が生まれることはなかった。

世界は少しだけ変わった。

あなたが今読んでいるこの本も、すでに大城千代子のミステリ『迷宮のカナリヤ』と化しているはずだ。

嘘だと思うのなら、表紙を見て確かめていただきたい。

もし、万が一、この本になんの変化もなかったのならば、ご注意いただきたい。

あなたもとばっちりを受け、数秒後には、この本もろとも世界から消えてしまうかもしれないからだ。

そもそも、森奈津子という作家など、この世には生まれてこなかったのだから、あなたがこの作品を読んでいるということ自体が、非常に危険なことなのである。

その点はくれぐれもご注意いただきたい。

ただし、すでに手遅れかもしれないが……。

悶絶！　バナナワニ園！

女囚L一七八九〇五号は、直立不動のまま目だけを動かし、あたりを見まわした。

壁も床も天井も、白一色。結構、広い部屋だ。しかし、がらんとしている。

背後には、銃を肩にかけた屈強な看守が立っている。

L一七八九〇五号は、おのれの置かれている立場を再認識し、震えるような悦《よろこ》びを感じた。

(今のわたしは、囚《とら》われの身。しかも、この収容所は、囚人も看守も女ばかり。ああ、わたし、考えるだけでイッてしまいそう……)

彼女は、奇跡のように美しかった。同性愛者としてこの収容所に送り込まれる前は、女優だったのである。しかも、人気絶頂の。

そう。

二十一世紀、少子化・高齢化にあえぐ日本国は、同性愛を禁止した。レズビアン、ゲイ、バイセクシュアルと判明した者は、ただちに逮捕され、強制収容所に送られるのである。

Ｌ一七八九〇五号が逮捕されたのは、ほんの二週間前だった。愚かにも、囮《おとり》捜査に引っかかったのだ。以前からエロティックなファンレターを度々よこし、ついにはホテルの部屋にまで押しかけてきた清楚な美人の正体は、同性愛者取締局の捜査員だったのである。

これまで、Ｌ一七八九〇五号の美貌は度々、大輪の薔薇にたとえられてきた。しかも、役者としての才能にも目を見張るものがあり、彼女は圧倒的な人気を誇っていたのだ。

しかし、Ｌ一七八九〇五号はただの人気女優ではなかった。

某反体制組織の構成員――それが彼女の正体だ。芸能界で権力を握る女性たちを誘惑し、レズビアニズムに染めてゆくことが、Ｌ一七八九〇五号の任務だったのだ。

幸い、彼女の正体は、体制側には見破られてはいない。それでも、この収容所で強制労働に従事する毎日であることに変わりはない。

だが、彼女は現在の身の上を嘆いてはいなかった。なぜなら、彼女はレズビアンに加え真性のマゾヒストだったからである。

（わたしのような女を強制収容所に送り込むなんて、お上《かみ》もなんて変態的なことをしてくれるのかしら。ここまで完璧にわたしの欲望を満たしてくれる環境があったなんて……ああ、わたし、ダメになってしまいそう……）

突然、目の前のドアが開いた。

入ってきたのは、白衣を着た鋭い眼光の中年女だった。おそらくは、この収容所の医師なのだろう。

（まあ！　サド顔のおばさま……素敵！）

Ｌ一七八九〇五号はひそかに興奮を感じた。

医師は、手にしていた電子ノートを見ながら切り出した。

「囚人Ｌ一七八九〇五号」

「はいっ」

「貴様は、先日の心理テストの結果、穢《けが》らわしいマゾヒストであることが判明した」

おのれの性癖をズバリ言い当てられて驚きもしたが、それよりも「貴様」と呼ばれたことで、彼女の胸はキュンと切なく締めつけられた。

（美人女優としてちやほやされてきたわたしが、赤の他人に『貴様』なんて呼ばれるなんて……！　ああ、もっと……もっと言って……！）

絶妙の間をおいてから、医師はよく通る声で宣告した。

「よって、囚人Ｌ一七八九〇五号、貴様を死刑に処す」

死刑──その言葉に、さすがのＬ一七八九〇五号も、衝撃で頭の中が真っ白になった。

そんな彼女を見て、医師は満足そうな微笑みを浮かべ、もったいぶった調子で続ける。

「しかし、貴様のようなおぞましいレズでも、社会のお役に立てるよう、特別に医学実験に使ってやるという寛大な措置がとられることになった。感謝しろ。貴様が死ぬまで過酷な実験は続けられるのだ」

「ああっ……！」

なかば失神するように、Ｌ一七八九〇五号はその場にくずおれた。

しかし、それは絶望ゆえではなかった。彼女の心は、妖しい興奮と悦びでとろけそうになっていたのである。

（ああ……わたしが人体実験されるなんて……。あんなこととか、こんなこととか、もう、想像するだに恐ろしいことをされ、まるで物のように扱われるのだわ……）

生きなくてはいけない。苦痛を一秒でも長く味わい、快楽を極めるためにも。

Ｌ一七八九〇五号の心の内には、狂おしいほどの生への執着が生まれた。

頭上で、医師の冷酷な声が宣告した。

「もはや、貴様は人間ではない。実験動物だ！」

（ああーっ、素敵ぃーっ……！）

頭の中であさましく快楽をむさぼりながら、Ｌ一七八九〇五号は絶頂に達し、ついに気を失ったのであった。

＊

屋上に桜の木でもあるらしい。時折、窓の外にハラハラと花びらが降る。

ビルの谷間では、金魚売りと猫売りのエア・カーが商戦をくりひろげている。

きんぎょぉーえーぇーきんぎょぉーっ……。

ねこぉーえーぇーねこぉーっ……。

二十一世紀末の大都会とはいえ、横浜には、まだ緑が多く残っている。古びたビルの林立するこの地域も、スラム化している東京都内の旧市街とくらべれば、ずいぶんと清潔なものだろう。

そんな街に、一人の女探偵が事務所をかまえていた。

剣条冴子《けんじょうさえこ》探偵事務所。築五十年にもなる細長い七階建ビルの三階に、それはある。

今日はそこに、珍しい訪問者の姿があった。冴子の大学時代の友人、赤沼環《あかぬまたまき》だ。

春らしい優しげな色あいのワンピースを着、長い髪を編み込みにした赤沼は、あいかわらず美しかった。

美しいのは、当然だ。彼女は同性愛者取締局の捜査員なのである。これまで彼女は、おのれの美貌を大いに利用し、数々の囮捜査を成功させてきたのだ。

(虫も殺さぬ顔をして……)

冴子は心の中でつぶやいた。

つい三週間前、人気女優の星野《ほしの》美千花《みちか》が同性愛者として逮捕されたが、彼女の尻尾をつかんだのも、この赤沼だった。

しかし、冴子にとっては、敏腕捜査員・赤沼環も、単なる大学時代の悪友でしかない。

ソファに優雅に腰かけた赤沼は、まるで少女のように無邪気に微笑み、冴子に言った。

「ボロいけど、結構広いオフィスね」

「そりゃ、どうも」

冴子は赤沼の向かいに座りつつ、無愛想にこたえた。

軽やかな雰囲気の赤沼の前では、ボブの髪にパンツ・スーツできちっと決めている自分が、いやに堅苦しいように感じられる。

「で、ご用件は?」

訊いてはみたものの、冴子は私立探偵である自分に赤沼が仕事の依頼に来たなどとは本気で考えてはいない。

赤沼は、単なる暇つぶしで遊びに来たにちがいない。捜査で近くまで来たので、ついでに旧友の探偵事務所に寄って、少しサボってやろう、という魂胆だろう。

しかし、冴子の予想に反して、赤沼は真面目な顔で言ったのである。

「実はね、ある女の尻尾をつかんでほしいの」

「尻尾？」

「ええ。そいつがレズビアンだっていう証拠をつかんでほしいのよ」

冴子は疑わしく思いながらも、訊いてみた。

「捜査に協力しろっていうことか？」

「『協力しろ』なんて、生易しいものじゃないわ。捜査を『肩代わりしろ』よ」

「一体、なんだって、そんなことを……？」

当惑する冴子の問いにはこたえぬまま、赤沼はバッグから白い封筒を取り出し、冴子に渡した。

中には、写真が三枚入っていた。

「標的は、その女よ」

赤沼の言葉にうながされるように、冴子は写真をテーブルの上に並べた。

四十歳ぐらいに見える派手な女だ。赤いフレームの奇妙な色眼鏡をかけているため、顔立ちはよくわからない。長い髪を結《ゆ》いあげ、胸の大きく開いたドレスを着、黒真珠のネックレスをしている。パーティ会場で撮られた写真のようだ。

「名前は、黒川百合絵《くろかわゆりえ》。マダム・リリーとかいうふざけた名前でも呼ばれているわ」

「ひょっとしたら、あのレイバー・デザイナーの？」

「あら、知ってた？」

「名前と作品ぐらいはな」

レイバー・デザイナー――簡単に言ってしまえば、人間型ロボットのデザイナーだ。

マダム・リリーこと黒川百合絵は、寿司職人レイバー〈源さん〉、ホステス・レイバー〈アケミさん〉、ホスト・レイバー〈イサム君〉、体育教師レイバー〈吉田先生〉といったヒット作を次々と生み出してきた。

彼女のデザインするレイバーは皆、金属の美しさを活かしたものばかりだ。

従来のレイバー・デザイナーは、いかに人間に近い外見の作品を作るかということに心血をそそいできたのだが、黒川は、機械的な味わいを前面に打ち出したデザインで世間を驚かせ、現在では、遊び心を知るアーティストとしてその名を馳せている。

今年の彼女は、彫師レイバー〈彫真《ほりしん》〉を発表し、話題になった。〈彫真〉がモデルの若者の背中に彫った「雷神対宇宙人」は、誠に見事な出来映えだったのである。

そんな黒川の写真を手に、赤沼は短く解説した。

「歳は四十九。かなりの変人として知られているわ」

「同性愛者として有名なのか？」

「いいえ。レズビアンの証拠はないわ。それでもあの女は、充分変人なのよ。伊豆に土地を買ってお屋敷と温室を作って、温泉の熱で南国の植物とワニを育てているの。ただし、そのお屋敷には滅多に他人を入れないっていう噂よ。マダム・リリーのお気に召した美しい女以外は、ね」

「で、おまえはその邸宅に潜入しようとしたものの門前払いされて、わたしに代役をたのみに来たわけか？」

「失礼ねっ」

プライドが傷ついたのか、赤沼はムッとした顔になる。

「あたしは門の中に入ったうえ、お屋敷の庭園でお茶もごちそうになったのよっ」

「捜査員だって名乗ってか？」

「名乗るわけないでしょ。通りすがりのふりして、黒川に声をかけたのよ。『素敵なお庭ですわね』って。それだけで、もう、黒川はあたしにメロメロ。お茶だってごちそうしてくれたのよっ」

「メロメロの結果が、お茶だけか？」

冴子があからさまに疑わしげな声を出したので、赤沼は完全に機嫌をそこねたようだった。

「どこまでも失礼な人ねっ。初日だったから、あたしは用心して、まだ深入りしなかっただけ。あのまま捜査を続けていれば、絶対にあの女の化けの皮をはがしてやれたのに、

いきなり上層部から横槍が入ったのよ。昨日、あたしは、部長に呼ばれてこの捜査から
は手を引くよう命じられたってわけ。こんなに悔しいことって、ないわよっ」

「上層部から横槍が入った、って……そんなことがあるのか？」

「実際には、ケチつけてきた奴の正体なんて、わからないわ。けど、かなりの権力を持つ奴であることは確かよ。同性愛者取締局の上層部を抑えることができるほどの大物よ」

「その大物と黒川がつながっていると言うのか？」

「ええ」

赤沼はきっぱりとこたえた。

冴子は用心深く、彼女に訊く。

「そんな奴の尻尾をつかめって言ったって、一体どうやって？」

「どんなものでもいいから、とにかく揺るがぬ証拠をとってきて。写真でもビデオでも盗聴テープでも証言者でも……。証拠さえつかんだら、あとはあたしにまかせて。まずはマスコミに情報を売って、世論を動かすというのが、妥当な線でしょうね。とにかく、捜査を再開しなければならないほどの騒ぎにすれば……」

赤沼は、フフと笑った。

春風のように優しい微笑だったが、どれだけサディスティックな想像をしているのか、

わかったものではない。

そのとき、突然——。

「お茶が入りました」

澄んだ少女の声が割り込んだ。

赤沼は驚いたように顔を上げる。

この事務所でアルバイトをしている少女・美蘭《メイラン》は、赤沼の視線を受けとめると、にっこりと微笑んだ。

妖精めいた大きな目がスッと細くなり、ミステリアスな表情になる。チャイナ・カラーのブラウスが愛らしい。

彼女は流れるような動作で、赤沼と冴子の前にジャスミン茶を置いた。

冴子は、おやと思った。なにやら赤沼は気圧《けお》されたように黙り込んでいるではないか。

美蘭が一礼して立ち去ると、赤沼は小声で冴子に訊いた。

「なによ、あの子は？」

「アルバイトの子だよ」

「まだ子供じゃないの」

「十四歳だよ。電車やバスは大人料金だ。近所のチャイニーズ・レストランの子でね。

学校が終わってから、バイトに来てもらってる。頭がよくて飲み込みが早いし、気はきくし、腕が立つし」

「腕が立つ？」

「中国拳法をやってるんだ」

「中国拳法……道理で、身のこなしに隙がないはずだわね。それに、あの子……」

赤沼は口ごもった。

「彼女がどうかしたか？」

冴子の問いに、赤沼は不敵な笑みを浮かべた。

「あの子、フェロモン出してるわ。しかも、レズビアンを引き寄せる同性愛フェロモンよ。あの子、使えるわ……」

「同性愛フェロモン？　そんなものが本当にあるのか？」

「あたしにはわかるのよ」

だったら、おまえがレズビアンなんだろう――と、冴子は指摘したかったが、あまりにも不穏な発言になるのでやめておいた。

「あの子をうまく使えば、必ずや、黒川百合絵は正体を現わすわ。で、あんたがうまく証拠をつかんでくれれば、あたしはそれを使ってあいつの逮捕にこぎつけ、そして、収容所に送られたあいつは……あいつは……ああ……素敵……」

赤沼はうっとりと宙を見つめている。

そして、次の瞬間、彼女は両手でおのれの身を抱き、続けたのである。

「もう、想像するだけで、ゾクゾクしてしまうわっ。あの女を地獄に落としてやりたいのよ。めちゃめちゃにしてやりたいのよ。そうよ。あたしの捜査を中断させた罰よ。死ぬまであたしのことが忘れられないほど、ひどい目に遭わせてやりたい。あの女の苦しみが、あたしの悦び。あの女に憎まれることが、あたしの幸せ。あの女がおのれの心の奥底に、憎悪という名のナイフで、この赤沼環の名を刻みつけること――それこそが、あたしの夢なのよっ！」

（こいつ、結構、最低かも……）

冴子は冷静に思った。

（そもそも、こいつこそがレズビアンなんじゃないか？　しかも、サディストの）

冴子が心にいだいた疑惑も知らずに、赤沼はメモ用紙になにやら書きつけ、彼女に渡した。

「これが、その報酬よ。ただし、黒川の逮捕状が出るまでは払えないわよ」

（うっ……！）

その数字に、冴子はめまいを感じた。

それは、同年代の会社員の半年分の給与に相当する額だったのである。

「赤沼」

「なぁに？」

「ゼロがひとつ多いんじゃないか？」

「いいえ」

赤沼はすました顔でこたえた。

「金の出所は？」

「あたしのポケットマネーよ」

驚きのあまり、冴子は上ずった声を出す。

「おまえ、なんだって、そこまで……？　そんなに出世したいのか？」

「出世？　馬鹿なこと言わないで」

ジャスミン茶を手に、赤沼はせせら笑った。

「出世のためなんかではないわ。あたし自身の名誉のためよ」

（こいつ、病気だ……）

冴子は心底あきれた。

（これは相当、マダム・リリーとやらに執着してるようだな。まあ、そのおかげで、わたしはおいしい思いができるかもしれないというわけだが）

「これが、黒川の住所と電話番号とメールアドレス」

赤沼はバッグから一枚のプリントアウトを取り出して冴子に渡し、次にカードをさし出した。

「これ、どうぞ使って」

「なんだ？」

「ＩＤカードよ。ただし、偽造の」

受け取って見てみれば、そこにはすでに冴子の立体顔写真まで入っている。

氏名　　剣条冴子
生年月日　二〇七四年十月四日
職業　　フリーライター

冴子は眉をひそめた。

「こんなものまで、勝手に用意して……。なんだ、この『フリーライター』というのは」

「取材と称して、黒川邸に潜入してほしいの。あとは、あんたにまかせるわ。盗聴機を仕掛けるなり、ビデオを仕掛けるなり、黒川を誘惑するなり、好きにしてちょうだい。それから、このカードで、あたしの銀行口座からお金を引き出すこともできるわよ。経費は、ここから使ってちょうだい。電話もかけられるし、電車にも乗れるわ。どんどん活用してくれて結構よ」

赤沼は立ちあがると、フッと笑った。

「たのんだわよ、冴子。あんたなら、きっと、あの女の尻尾をつかんでくれる。あたし、そう信じてるわ」

そして、そのまま一度も振り返らずに、出ていった。

部屋の空気には、彼女がつけていた甘いパルファンの香りがかすかに残っていた。しばらくの間、冴子はその偽造ＩＤカードを、ためつすがめつしていたが、やがて決意し、助手の名を呼んだ。

「美蘭君！」

「はい、先生」

美蘭が、隣の資料室から顔を出した。

「週末の予定は？」

「今週は、土曜も日曜も空《あ》いてます」

「なら、一緒に働いてもらうことになるかもしれないが……」

「はい、先生」

大変素直でよいお返事だった。

冴子は闘志と労働意欲を胸に、言った。

「久々の大仕事になりそうだ」

美蘭もうれしそうに微笑みながら「はいっ」と大きくうなずいた。

＊

すでに、取材のアポイントメントはとってある。

冴子と美蘭は、伊豆の小さな駅で電車を降りた。

斜面の多い土地である。温泉旅館やリゾートホテルは、必死に大地にしがみついているといった印象だ。

町並のあちらこちらで、白い湯気が立ちのぼっているのが見える。

まだ午前中だというのに、いかがわしげな模造電柱の陰から、呼び込みレイバーが声をかけてくる。

「お姐《ねえ》さん、お姐さん。いい子いまっせ。コンパニオンも芸者も男芸者もお酌《しゃく》レイバーも女王様も、よりどりみどりでっせ」

美蘭は、呼び込みレイバーににっこりと笑いかけてこたえる。

「ごめんなさい。あたし、未成年なの」

すると、呼び込みレイバーは、次なるカモを求めて、模造電柱の陰に隠れた。

さらに数メートル歩いたところで、今度は、温泉饅頭《まんじゅう》売りのハイパー自動販売機が寄ってきた。

「温泉饅頭、いかがですか？　できたてのホカホカですよ」

「ごめんなさい。あたし、ダイエット中なの」

美蘭の言葉に、ハイパー自動販売機はクルリと方向転換し、キャタピラをカタカタ鳴らしながら去っていった。次なる標的は、エア・カーを降りたばかりの家族連れのようだ。

さすがに飲食店の子だけあって、美蘭は人や電子頭脳のあしらい方が抜群にうまい。

ひそかに感心している冴子に、美蘭は言った。

「ねえ、先生。あたし、本当に、フリーライターの事務所でアルバイトしている女の子に見えます？」

「心配するな。大丈夫だ」

「本当に、探偵事務所でバイトしている女の子には見えません？」

「見えないよ。だいたい、探偵事務所でバイトしている子と、フリーライターの事務所でバイトしている子の見分け方なんて、あるわけがないだろう」

「あ。それも、そうですね」

美蘭は、えへへと笑った。

今日の彼女は、白いブラウスにスクールガール風の水色のスーツを重ね、髪は三つ編みにし、いつもとは別の愛らしさがある。

冴子はふと、赤沼の言葉を思い出した。

――あの子、フェロモン出してるわ。しかも、レズビアンを引き寄せる同性愛フェロモンよ。あの子、使えるわ……。

(まさかな)

同性愛フェロモン――そんなものが、あってたまるか。

冴子は、赤沼の説を頭の中で打ち消した。

数分後、二人は、高い塀に囲まれた豪邸の門の前に到着した。

格子の向こうは、よく手入れされた美しい庭園だ。

背の高い木々に隠れて、建物は屋根のあたりしか見えない。それでも、ワニが遊び南国の植物が生い茂る温室が非常に大きなものであることは、その丸い屋根の形状からよくわかった。

監視カメラの向こうに視線を感じつつ、冴子はインターホンのボタンを押した。

「どちらさまですか？」

スピーカーの向こうで、若い女の声が問いを発した。使用人か、あるいは黒川の愛人の一人だろうか。

ささやかな疑問を胸にいだきつつ、冴子はこたえた。

「本日午前十一時からのお約束で取材をお願いしていました、フリーライターの剣条冴子です」

「では、IDカードを拝借いたします」

声にうながされるまま、冴子はスピーカーの横のスロットに、赤沼が用意してくれた偽造カードをさし込んだ。

その横の小さな液晶画面に「しばらくお待ちくださいませ」との表示が出る。カードについているチップの情報が読み取られているところだ。

それは、一分以上続いた。

いくらなんでも、少し長すぎはしないか？　偽造カードだということがばれたのだろうか？

冴子の横で美蘭が心配そうに身じろぎをしたとき、表示が「カードをお取りください」に変わった。

「お待たせいたしました。黒川がご案内いたします。中へどうぞ」

どうやら、この待ち時間の長さは、黒川に連絡していたためだったらしい。

（おどかさないでくれ）

カードを抜きながら、冴子はひそかにため息をついた。

巨大な門が内側にゆっくりと開いてゆく。

冴子と美蘭は、黒川邸に足を踏み入れた。

「遠いところを、ようこそ」

陽気な声にハッとそちらを見やれば、満面の笑みをたたえた女性がいた。

黒川百合絵だ。

色眼鏡をかけ、桜の模様がデザインされた派手なワンピースを着ている。

彼女は優雅な足どりで歩み寄ってきた。

「はじめまして。剣条冴子と申します。こちらは、わたしのアシスタントです」

「楊《ヤン》美蘭です」

美蘭がペコリと頭を下げると、黒川は明らかに彼女に興味を示した。

「まあ。愛らしいお嬢さんだこと。中学生？」

「はい。アルバイトで剣条先生のお手伝いをしております」

「まあ、えらいのね」

黒川の優しげな声に、冴子は警戒した。

(やはり、同性愛フェロモンが効いてるのか？)

だとしたら、美蘭を危険に晒《さら》すような事態にならぬよう、注意を払わねばなるまい。

しかし、そんな思いはおくびにも出さず、冴子は黒川と名刺を交換した。

「さあ、バナナワニ園にご案内いたしますわね。しばらくは、わたくしの温室自慢にお

「バナナワニ園ですか……素敵ですねっ」

つきあいいただくことになりそうですわ」

(バナナワニ園……変な名前だな)

冴子は思ったが、にこやかにこたえた。

「それは楽しみです」

一方、美蘭は本気で楽しみにしている様子だ。

「バナナが植えてあってワニがいるから、バナナワニ園ですか……素敵ですねっ」

二人は、巨大な温室に案内された。

南国の植物が生い茂るレンガの小径《こみち》を抜けると、ポッカリと視界が開けた。

陽光が降りそそぐ空間の真ん中には、大きなプールがあり、中には何匹ものワニが遊んでいる。

また、プールサイドはバナナをはじめとした南国の果樹園になっている。

いろどりを添えているブーゲンビレアやハイビスカスもまた、美しい。

(うわぁ、本当にワニだ!)

冴子は少々、おじけづいた。

プールの中だけではなく、温室のあちらこちらに、ワニの姿はあったのである。

しかし、美蘭は、冴子の背後であからさまにうれしそうな声をあげる。

「うわぁ、本当にワニだ!」

「まあ。あなたも、ワニがお好きなの？」

「はい！　前から、あたし、飼ってみたいなって思っていたんです！　……でも、ここのワニ、かみつきませんか？　あたし、初対面だし……」

「大丈夫よ。餌はたっぷりあげているし、うちのワニはみんなおとなしいのよ。優しくしてあげてちょうだいね」

黒川はうれしそうだ。

結構、美蘭はうまくやってくれている。

「さあ、どうぞこちらへ」

二人は、プールサイドの椅子を勧められた。

目の前には、巨大な大理石のテーブルがある。

「これが、わたくしの臨時の仕事机ですの。スランプだと感じたときには、ここで仕事をすることにしていますのよ」

「素晴らしいですね」

冴子はバッグから、カメラを取り出した。

「仕事場拝見」と題し、有名人の仕事場をリポートするというのが、冴子のでっちあげた架空の企画だったのである。

そして、隙を見て、この屋敷の数ヵ所に盗聴機を仕掛けるというわけだ。

「失礼いたします」

ティーセットを盆に載せた若いメイドが入ってきた。

長い髪を引っつめにまとめ、化粧っけのない清潔第一のような女だったが、その顔を見て、冴子はハッとした。

それは、あまりにも、かの人気女優に——同性愛者として逮捕された星野美千花に似ていたのだ。同じ顔だ、と断言してもよい。

これは、どういうことなのだ？

冴子は動揺を覚《さと》られまいと、視線をテーブルの上に落とす。

この屋敷は、想像していた以上に異様だ。

メイドは、ティーカップを三人の前にそれぞれ置くと、黒川になにごとかをささやいた。

濃いルージュを引いた黒川の唇が、ほころんだ。

冴子の不安は高まる。

まさか、正体がばれたのか？

視界の端で、美蘭が腰を浮かせた。

(先走るな)

冴子は美蘭を目で制した。

「探偵さん」

黒川に呼ばれ、冴子はギョッとした。

（ばれた！）

しかし、なぜだ？　まさか、あの偽造ＩＤカードから、正体がばれたのか？

黒川は妖しい微笑みを浮かべながら、やんわりと言う。

「とってもよくできた偽造カードでしたわね」

やはり、最初から、偽造カードだということはばれていたのだ！　あのカードで駅の改札を抜けることはできたし、電話もかけられたし、買い物だってできたというのに！

しかし、なぜ、自分が探偵だとわかったのだ？

冴子は落ち着いた声を保ちつつ、とぼけた。

「偽造カード？　なんのことですか？　それに、わたしの職業はフリーライターですが……」

「あのカードにご本名とご住所を記録させておいたのは、失敗でしたわね」

冴子の言葉をさえぎるように、黒川は言った。

「それを元に、わたくしの部下がネットワーク上のお役所のデータに侵入し、あなたの正体を割り出したのですから」

黒川の言葉が終わると同時に、美蘭が椅子を蹴って立ちあがった。

「先生っ。逃げてくださいっ。ここはあたしが、食い止めますっ」

「し、しかし、きみを置いて逃げるなど、わたしには——」

「先生は足手まといなんですっ！」

「……それもそうだな」

冴子は納得した。

「わかったなら、さっさと逃げてくださいっ！」

しかし、温室の奥には、ワニが待ちかまえている。ここは、黒川とメイドの間を突破して、入り口に向かわねばなるまい。

人気女優そっくりのメイドが、真顔のまま近づいてくる。余裕のある足どりだ。

（くそっ。赤沼め……おまえのせいだぞっ！）

冴子は友を恨んだ。

美蘭は冴子をかばうように、メイドの前に立ちはだかった。華奢《きやしや》で小柄な全身から、殺気がほとばしる。

二人はにらみあう。

メイドが美蘭に飛びかかり、彼女をとらえようとした。

おそらくは、彼女も武道の心得があったのだろう。が、少々、美蘭を見くびっていたようだ。

美蘭の蹴りが、相手の腹部に美しく決まった。

敵が倒れるのも見届けず、冴子は入り口に向かって駆け出した。

（美蘭君、すまない！）

黒川がおのれのワンピースの裾をめくり、なにかを取り出すのが、視界の端に映った。

次の瞬間、プシュッという発射音と共に、冴子は背中に衝撃を感じ、倒れ込んだ。

「先生っ！」

美蘭が悲鳴のような声をあげる。

体が動かない。全身が痺れている。

黒川のハイヒールが、すぐ目の前にあった。

首筋になにか冷たいものが当てられるのを感じた。おそらくは、刃物――ナイフだろう。

「ご心配なさることはないわ、お嬢さん。あれは麻酔銃よ。ただし、あなたの態度によっては、この探偵さんの命をいただくことになるかもしれないけれど」

（美蘭君、逃げろ！）

かすれゆく意識の中で、冴子は祈るように思った。

黒川の甘ったるい声音《こわね》が、耳に入ってくる。

「いい子にしてね。お願いよ。わたくし、あなたもこちらの先生も、殺したくはないの。

わかった？　……そう。いい子ね。わたくし、頭のいい子は大好きよ――」

（美蘭君、逃げるんだ！）

冴子の意識は、闇に閉ざされた。

＊

意識が戻ったとき、あいかわらず、冴子は自分がバナナワニ園の床の上に横たわっていることを知った。

身を起こそうとして、気づいた。

両手が後ろにまわされている。どうやら、手錠をかけられているらしい。

（美蘭君は……？）

冴子は目だけを動かし、あたりをうかがったが、美蘭の姿はどこにもなかった。

数メートル先では、巨大なワニが昼寝をしている。

（ああ、美蘭君……。どうか無事でいてくれ……）

絶望的な状況で、冴子は祈った。

「あら。お気づきのようね」

黒川の声がした。

ご親切にも、彼女は冴子の視界の内に移動してきた。

冴子はかすれ声で訊いた。

「美蘭君は、どうした？」

「あなたのかわいい助手さんなら、別室でくつろいでいただいていますわ。ご心配なさらなくても大丈夫よ」

黒川は艶然《えんぜん》と笑い、続けた。

「改めて、ご挨拶いたしますわね。バナナワニ園へ、ようこそ」

黒川は深々と頭を下げる。

「美しいお客様をおもてなしするために、わたくし、コースを二通りご用意いたしましたの。さあ、わたくしの美しいしもべたちをご紹介いたしましょう」

黒川がパンパンと手を打ったところ、そこに現われたのは――水着姿の若い女たちだった。六人いるが、容貌からすると、どうやら二組の三姉妹らしい。

六人は無駄のない足の運びで、近づいてきた。

冴子の目の前には、サンダルを履いた美しい脚が並んだ。

二組の姉妹のうち一組はバナナを一房ずつ、残りの一組はワニを一匹ずつかかえている。

「磯野《いその》三姉妹とフグタ三姉妹ですわ」

黒川の言葉に続き、六人は順番に自己紹介を始めた。

「フィリピン・バナナ担当、磯野うつぼでございます」
「台湾バナナ担当、磯野ひらめでございます」
「エクアドル・バナナ担当、磯野しじみでございます」
「ナイル・ワニ担当、シャーク・フグタでございます」
「ミシシッピー・ワニ担当、ドルフィン・フグタでございます」
「揚子江《ようすこう》ワニ担当、シュリンプ・フグタでございます」

磯野三姉妹は、切れ長の目に艶やかな黒髪の和風美人である。

一方、フグタ三姉妹はハーフなのであろう。色白の肌に波打つ明るい色の髪がエキゾチックな、洋風美人であった。

どうやら、それぞれ長女は二十代後半、次女は二十代なかば、三女は二十代前半といった年頃のようである。髪もまた、長女はロング、次女はセミロング、三女はショートといったふうに、そろえていた。

そして、顔立ちはそれぞれ、三つ子のようにそっくりだった。

さきほど見た星野美千花に瓜二つのメイドを思い出し、冴子は奇妙な感覚にとらわれた。

それにしても、バナナ担当とワニ担当に分かれているこの二組の姉妹は、一体、なにを意図しているのであろうか。

冴子には、さっぱり、この先の展開が予測できなかった。

黒川は冴子を見おろし、微笑みながら言った。

「わたくしは、美しいあなたとかわいい助手さんを歓迎するために、二通りのコースをご用意いたしました。バナナ・コースと、ワニ・コースです。先にあなたに選ばせてさしあげましょう。あのかわいらしい助手さんは、残ったコースで歓迎いたします。さあ、どちらになさいます？　バナナ？　それとも、ワニ？　どちらを選ぶかで、あなたがたの運命は、光と影のように分かれるのです」

察しのよい冴子は、思った。

（わかったぞ。バナナを選べば、バナナを食べさせてくれる。ワニを選べば、ワニで襲わせようっていうつもりだな）

ならば、バナナを選べばよいわけだが、そうすると、美蘭がワニに襲われる運命だ。

しかし……自分に、ワニを選ぶ勇気があるか？

おそらく、黒川は、飢えたワニに追われ逃げ惑う冴子あるいは美蘭を見物し、楽しむつもりなのだろう。

ホホホ。見事逃げおおせたら、見逃してあげてもよろしくてよ！――などと言いつつ、プールサイドで優雅にワイングラスを傾けたりするにちがいない。

自分は、ワニから逃れることができるだろうか？

確かに、運動神経はいいほうだが、腕力はない。

それにくらべれば、美蘭は若いながらも中国拳法の使い手である。

(ああ、美蘭君、許してくれ。わたしはやはり、自分がかわいいのだ)

そして、冴子は感情を抑えた声で言った。

「バナナにしてくれ」

すると、ワニを手にしたフグタ三姉妹は一礼し、その場から姿を消した。

磯野姉妹は、妖しい微笑みを浮かべながら、冴子に近づいてくる。

得体の知れぬ不安を感じ、冴子は上体を起こした。背中で手錠がカチャリと音を立てた。

バナナが床に置かれた。

微笑みを浮かべた三姉妹が、冴子をとり囲む。

長女うつぼが、やにわに、冴子のブラウスに手をかけた。

次の瞬間、ブラウスは無理やり左右に開かれ、飛んだボタンが床を転がった。白い下着があらわになる。

それを合図とするように、次女ひらめと三女しじみが、冴子に襲いかかった。二人の手には、それぞれ、ナイフと布切り鋏《ばさみ》があった。

「やっ、やめろっ!」

震える声で言ったものの、冴子はなんの抵抗もできなかった。

ひらめは心底楽しそうにナイフを振るい、しじみは無邪気な笑顔で鋏を走らせる。

冴子の着衣は、切り刻まれてゆく。

鋏がザクザクと上着とスカートを裁ち、単なる布切れと化した服は床に落ちた。ナイフがブラジャーの紐を切り、形のよい胸がこぼれ出た。

冴子が感じたのは、羞恥《しゅうち》よりも恐怖だった。

ひらめは少しもためらうことなくストッキングを裂き、しじみは最後の一枚に鋏をふるい、むしり取った。

その間、黒川は、うっすらと微笑みを浮かべて見物していた。

彼女に観察されていたことに気づき、冴子は打ちのめされるような屈辱を感じた。

裸体を隠すための両手も、今は背中にまわされている。冴子は、胸に膝を押しつけるようにして、女たちの視線からわが身を守ろうとした。

一本のバナナを手にした長女うつぼが近づいてきた。フィリピン・バナナだろう。

妹たちは、それぞれ冴子の両側についた。そして、情け容赦なく、彼女の太股《ふともも》をつかむと左右に思い切り開いたのである。

両脚がM字を描くような屈辱的なポーズをとらされ、冴子は頬がカッと熱くなるのを感じた。

バナナを手にしたうつぼが、冴子の前に膝をつく。

「ああっ……」

三姉妹の意図を覚った冴子は、必死に首を振った。

「いやだっ！　やめてくれっ！」

うつぼは、手にしたバナナの先で、冴子のビーナスの丘の茂みをかき分けた。

冷たい感触に、思わず冴子はビクリと反応する。

「ふふ。結構、敏感なのね、お姐さん」

うつぼが、甘い声でささやく。

「素敵だわ」

美しい妹たちも、左右で忍び笑いを洩《も》らす。

バナナが茂みを乱すたびに、毛穴ひとつひとつに妖しい感覚が伝わる。全身の細胞は冴子の意思に反し、次の刺激を期待する態勢に入ってゆく。

ひとしきり丘をなぞると、フィリピン・バナナは、ピタリと閉ざされた門の前に降りてきた。

必死の抵抗とばかりに、冴子は二人の女にかかえられた脚をばたつかせようとしたが、すぐにナイフと鋏を突きつけられ、抵抗をあきらめるしかなかった。

最初はソフトに、しかし、次第に強く押しつけるようにしながら、バナナは敏感な門の周辺を刺激する。

冴子のそこは熱を帯び、過敏になってゆく。他の部分であればなんでもない刺激が、身を震わせるほどの快感となって、冴子を襲う。

「あっ」

思わず声をあげてしまった冴子に、バナナを手にしたうつぼは、うっとりした口調で言った。

「うれしいわ、悦んでいただけて。これから、もっと気持ちよくしてさしあげてよ」

一方、二人の妹たちはそれぞれ、片手を冴子の胸の双丘に伸ばしてきた。

「…………！」

いきなり乳房をつかまれ、冴子はビクリと反応した。

そのまま、二人は、ねっとりとした動きで冴子の両胸を揉みしだきつつ、指の間で乳首をはさみ、執拗に刺激を加えてくる。

「や……やめろっ！」

「やめろ、ですって？　だけど、すでにここは濡れていてよ。ほら、こんなに蜜があふれて……ああ、なんてかわいい人」

長女の言葉に同意するかのように、次女は冴子の耳朶《じだ》に歯を立て、それから、舌を侵入させてくる。

さらなる妖しい昂《たかぶ》りに、自然と冴子の息遣いは乱れ、視界は潤んでくる。

「ほら、あなたの愛らしい真珠も、顔をのぞかせていてよ」

「うつぼ姉様、あたしにもやらせて！」

末っ子のしじみは片手でエクアドル・バナナの房から一本をもぎ取ると、それを、冴子の真珠に押しつけた。

「んっ……！」

全身に広がるような強烈な快感に、冴子は身をのけぞらせた。正直に反応してしまうおのれの肉体が、ひたすら恨めしかった。

「しじみったら、ずるいわ。一番敏感なところを占領して」

不満げな声を出した次女ひらめに、長女うつぼは言う。

「じゃあ、今度は、あなたがこっちにいらっしゃい。この方を押さえる役は、わたしが代わるわ」

「まあ、ありがとう、お姉様」

うつぼは、冴子の背後にまわり、彼女の両膝の裏に手をまわすと、思い切り引いた。

「ああっ！」

胸に両膝がつく。さらに屈辱的な姿態をとらされ、冴子の自尊心は完全に打ちのめさ
「ああっ……」

れた。

その間も、しじみに敏感な真珠を刺激され、何度も快感の波にさらわれそうになる。

「もうそろそろ、よろしいわよね？」

脚の間に身を割り込ませてきたひらめに、冴子は必死で首を横に振った。

「嘘ばっかり」

ひらめは軽く言うと、台湾バナナで快楽の門を押した。

奥から蜜があふれ出るのが、冴子にもわかった。

「では、失礼いたします」

妙に礼儀正しくひらめは言い、バナナの先をそこに強く押しつけた。

おのれの体がバナナによって押し開かれてゆく感覚に、冴子は気が遠くなった。屈辱感と快美感が圧倒的な力となって、彼女を襲う。

今や彼女は、バナナに犯されているのであった。内側に、ひんやりとした塊の圧迫感がある。

（いやだ！　もう、やめてくれ！）

心では激しく拒絶していたが、体は素直に女の反応を示していた。

内側で、バナナが淫靡《いんび》な動きを始めた。

「はあっ……あっ……あんっ……」

意に反し、冴子の口からは歓喜のあえぎが洩れる。ただ、きつく閉じた目からは、涙があふれていた。

感じまいとするのに、体は快楽に引きずられている。自分は邪悪な女たちの前で痴態を演じ、彼女らを喜ばせているのだ。

（もう許して……お願い……）

いつまでも続くかと思われた責め苦と快感に、冴子は気が遠くなる。

しかし、その耳に、やけに落ち着いた黒川の声が飛び込んできた。

「ねえ、あなたがた。この美しい方は、まだまだご満足ではないようよ」

「そうですわね、マダム。まだ、快楽の園には到達していらっしゃらないようですわ」

長女うつぼがこたえ、末の妹に声をかけた。

「しじみ」

「はい、うつぼ姉様」

「あなた、もう、この方の素敵な真珠を転がすのは、おやめなさい。あんまりしつこくかわいがっては、傷つけてしまうわ。それよりも、まだ大切なところが残っているのではなくって？」

「大切なところ？」

「ほら。愛らしい蕾《つぼみ》が」

笑いを含んだ姉の言葉に、しじみは顔を輝かせる。

「そうでしたわね！」

冴子は姉妹の意図を知り、あえぎを懸命に抑えて哀願した。

「許してっ。それだけは……」

涙を散らしながら冴子は首を横に振ったが、彼女に開脚の姿勢をとらせていたうつぼは、さらに両膝を引きあげる。

すでにプライドはズタズタにされていた冴子ではあったが、ここでまた、もうひとつの快楽の源をあらわにされて、彼女は恥辱感に顔をそむけた。

「ああっ……いや！　見ないでっ！　あっ……あっ……」

冴子の女の部分を犯す次女ひらめは、彼女の哀願に耳を貸すことはなく、さらにバナナの動きを激しくする。

三女しじみは、手にしたバナナでゆっくりと、後方の蕾のまわりを撫でてゆく。

そのじれったいような刺激に、冴子はそこがヒクヒクと反応するのを感じた。その部分は、彼女の意に反して、犯されることを期待しているのだった。

「あっ……ああ……」

絶望とも悦びともつかぬあえぎを、冴子は洩らす。

中心に圧力がかかった。最初こそは反射的に、侵入しようとするものを拒《こば》んだが、小さな蕾は貪欲《どんよく》にエクアドル・バナナを迎え入れた。

「ああっ……いやっ……。もう、やめて……許して……」

「あなた、とっても素敵よ」

台湾バナナ担当のひらめは言い、冴子の太股の内側に唇を当ててキュッと吸い、紅色の痕跡をつけた。

一方、しじみは、エクアドル・バナナを動かしながら、冴子の乳首を口に含み、舌先で転がす。

二本のバナナは競いあうように、冴子の内側を攻める。

「あっ……はあっ……」

屈辱感に頬を染めながらも、冴子はあさましく歓喜の声をあげつづける。

「ふふ。恥辱と快楽にまみれたあなたは、とても美しくてよ。ああ、めちゃめちゃにしてあげたくなってしまうわ」

耳許に、うつぼが熱い息を吹きかける。

それだけでも押し寄せるような刺激となり、冴子はさらに、犯されている二つの部分が脈打つのを感じた。

背後から冴子の両脚をとらえていたうつぼは、片手を離した。そして、手を伸ばしてフィリピン・バナナを一本もぐと、冴子の口に突っ込んだ。

「ううっ！」

「いかが？　三本のバナナに犯されるというのは？　なかなか体験できないことではなくって？」

いたぶるような口調で言ったかと思えば、うつぼは冴子の耳に優しく歯を立てる。

「うっ……」

口までバナナに犯され、冴子は自分が完全におもちゃにされていることを感じていた。しかし、その屈辱感は別の妖しい興奮と化して快感をあおることを、冴子はすでに知っていた。

「うっ……んっ……」

二本のバナナが内側を激しくかきまぜる。

女の部分は熱い刺激に歓喜の蜜を流し、後方の蕾は知ったばかりの快楽をむさぼるようにヒクついている。

ここまで来たら、どこまでもめちゃめちゃにしてほしかった。

理性も誇りも、あっけないものだ。肉体の反応によって、簡単に引き裂かれ、ズタズタにされてしまう。

信じることができるのは、肉体のみだ。肉体だけは、どこまでも正直だ。

そして、この肉体を極限まで翻弄する三姉妹は、今や冴子にとっては主人であり、また、そんな三人に指示を与える黒川は、絶対的な神であった。

圧倒的な存在には、平伏《ひれふ》してしまうのが、最も楽な道である。

支配者には、どこまでも痴態を晒し、それをご覧いただき、楽しんでいただくべきだろう。自分の反応は、正しいものなのだ。

そう悟り、被虐《ひぎゃく》の悦びを知った瞬間、冴子は熱い快感に引きずられるように、急激に昇りつめていった。

「うっ……んっ！　ううーっ……！」

頭の芯がクラクラした。

絶頂感に冴子はのけぞった。

そして、ついに三本のバナナを咥《くわ》え込んだまま、彼女は失神したのであった。

＊

美蘭は、このうえもなく幸せだった。

まさか、広間でこのように歓迎されるとは、思ってもいなかったのだ。

目の前の大きなテーブルには、様々なワニ肉料理が並べられている。そういえば、今日はまだ、昼食を食べていなかったっけ。

ステーキ、カツレツ、焼肉、シチュー、たたき、スープ、肉団子――。

様々な肉料理をパクつきながら、美蘭はニコニコしていた。

無邪気な彼女をながめているフグタ三姉妹も、うれしそうだ。

「いかが？　ワニの肉は？」

「おいしいですぅ」

美蘭は幸せいっぱい、ワニ肉のステーキにフォークを突き立てながら感想を述べる。

「ナイル・ワニと、ミシシッピー・ワニと、揚子江ワニ、どれが一番お好きかしら？」

「みんな、大好きですぅ」

フグタ三姉妹は笑いさざめく。

「かわいらしいお嬢さんだこと」

「さあ、たんと召しあがれ」

「遠慮することはなくってよ」

——要するに、バナナ・コースとワニ・コースの正体は、「バナナを食べさせ、ワニで襲う」ではなく「ワニを食べさせ、バナナで襲う」だったのである。

メイドが、新たな料理を持ってきた。

その顔を見て、美蘭はハッとした。

さきほど彼女と対決した、星野美千花そっくりの女だったのである。

「あ、あの……」

美蘭はおずおずと、皿を置いたメイドに声をかける。

「さっきは、蹴りを入れちゃって、ごめんなさい」

「わたくしは、あれぐらい平気ですわ。この通り。それに、わたくし、強い女の子が大好きですのよ」

メイドがにこやかにこたえると、フグタ三姉妹も優しくうなずく。

美蘭は安堵し、メイドに言った。

「お姐さん、あの星野美千花さんそっくりですね」

すると、メイドは声をひそめて言った。

「実は生き別れの双子の姉妹なんですのよ」

「ええっ？」

「というのは、冗談ですが」

いたずらっぽく笑ったメイドに、美蘭も思わず微笑みを返す。

「なーんだ」

それから、今更ながらハッと気づき、美蘭は言った。

「でも、美千花さん、つかまっちゃいましたよね。今頃、どうしているんだろう？」

「心配することはないわ」

こたえたのは、長女シャークだった。

次女ドルフィン、三女シュリンプも、そして当のメイドも、おだやかな顔でうなずく。

シャークは続ける。

「マダム・リリーが、うまくやってくださっているから」

「本当？」

「ええ、本当よ。詳しくはお話しできないことだけど……マダムは政界にも通じている方だから、その点は、うまく手配してくださっているわ。美しい者を護るには、力を惜しまない方ですもの。だけど、このことは内緒よ」

「よかった！」

美蘭は無邪気な声をあげる。

「あたし、星野美千花さん、大好きなんです！　つかまったって、ファンはやめてませんから」

とたんに、メイドの目が潤んできた。しかし、それを美蘭に見られぬよう、彼女は背を向けた。

彼女の反応に気づいていない美蘭に、シャークが言う。

「あなたって、本当にいい子ね。また、ここに遊びに来てちょうだいね」

「はいっ！」

素直な美蘭は元気いっぱい、大きくうなずいた。

＊

気がついたとき、冴子は、白一色の空間にいた。

一瞬、室内かと思ったが、壁も天井も見えない。とかにく、あたりは白一色だった。

床は――それは床と言ってもよいものだろうか――白い光を放つ、ツルツルとした面が、ただ広がっているだけだ。

あたりには、引き裂かれ切り刻まれた衣服が散らばっている。

さきほどと同じ一糸まとわぬ姿で、しかも後ろ手に手錠をかけられたまま、冴子は横たわっているのだった。

「いかがでした？　見目麗《みめうるわ》しい女たちにバナナで責められるというのは」

どこからともなく、黒川の声が響いてきた。しかし、姿は見えない。

自分がさんざん痴態を演じたことを思い出し、冴子の全身はカッと熱くなる。

黒川の声は低く笑い、言った。

「同性を相手に、あんなに乱れて……。おめでとう、冴子さん。今日からあなたは、レズビアンですわよ」

「違うっ」

冴子は思わず、かすれた声を絞り出した。

「わたしは女に欲情したのではないっ。バナナに欲情したのだっ。わたしは同性愛者ではない！」

　すると、今度は、磯野姉妹が笑いさざめく声が聞こえた。

「いやだわ」

「バナナと愛しあうなんて」

「変態だわ」

「でも、バナナに欲情しただなんて、それは苦しい言い訳というものよ」

「そうね。わたしたちの手で、あそこまでこの方を乱れさせたんですもの」

「この方は、わたしたちの仲間よ。バナナに取られてなるものですか」

　白い光の中から、一人の女が近づいてきた。

　赤いフレームの色眼鏡をかけ、桜模様の派手なワンピースを着た女――黒川だった。

　彼女は微笑みながら、冴子に言った。

「乱れるあなたは、とっても美しかった……。わたくしも、あなたに惹かれている自分に気づくことができました」

　黒川のねっとりとした声音に、冴子は肌を粟立《あわだ》てた。しかしそれは、認めたくはないが嫌悪ゆえではなかった。

「また、わたくしたちは、あなたの弱みを握りました。あなたが女性相手に欲情するということ――すなわち、あなたが同性愛者であるという事実を、です」

「違う！　わたしはレズビアンではない！」

「変な弁解をしても、無駄ですよ。わたくしたちは、見せていただきましたもの。快感にあえぎ、ついには失神したあなたを」

冴子は蒼ざめ、言葉を失った。

黒川は続ける。

「新しい仲間であるあなたに、秘密を教えてさしあげましょう」

黒川は色眼鏡を外した。

「わたくしの顔を、よく見てちょうだい」

冴子はハッとした。

それは、星野美千花の顔――正確に言えば、星野美千花を中年女にした顔だったのだ。時の流れが刻印を残してはいたが、星野美千花の顔であることは、疑いの余地もなかった。

「あなたは、わたくしを裏切ることはないでしょう。わたくしはあなたを信じています。だから、教えてさしあげるのです。星野美千花はわたくしのクローンです。そして、さきほどあなたも目になさったあのメイドも……。また、磯野姉妹とフグタ姉妹も、二組のクローンなのです。それも、人工子宮から生まれた」

人工子宮？

そんなものが、実際にあるはずがない。単なる夢物語だ。

現在の技術では、そんなものを作ることは不可能だ。確かに人工子宮といえば、ここ数十年、いくつもの研究グループが挑戦してきた課題だが、成功例は皆無である。

だからこそ、現在、著しい出生率の低下が深刻化しているのではないか。

「信じる信じないは、あなたの自由です。が、わたくしは真実を語っているのですよ」

黒川は素顔を冴子に晒したまま、続ける。

「わたくしの父は、生物学者でした。三十年近く前のことですが、彼は人工子宮でヒトの胎児を育てることに成功しています。そのときに生まれたのが、磯野うつぼとシャーク・フグタなのです」

感情を隠そうとしているのか、黒川の口調は淡々としている。

「人工子宮が実用化されれば、出生率の低下など、容易に解決できます。すなわち、同性愛を禁ずる必要もなくなるのです。しかし、父は、その研究成果を発表しようとした矢先、何者かによって暗殺されました。これがなにを意味するのか、わかりますか？」

冴子が無言のまま首を横に振ると、黒川は続けた。

「同性愛が合法とされることを阻《はば》もうとする勢力があったのですよ。この社会にも、また、裏社会と呼ばれる世界にも。彼らにとっては、少子化問題や人口問題などは、どうだってよいことなのです。ただ、彼らは宗教上の理由や単純な嫌悪感から、同性愛の合法化を阻もうとしているのです。彼らは、手段を選びません」

頭の芯がクラクラしてきた。

黒川の語っていることを信じたくはなかった。しかし、彼女が嘘をついているようには見えなかった。

「殺されたのは、父だけではありませんでした。人工子宮の開発に携《たずさ》わった者は全員……。そのうえ、研究所には火を放たれ、人工子宮もその設計図も、すべてが灰となったのです。しかし、実は一台だけ、わたくしの自宅の地下室に隠されていました。わたくしはそれを使い、磯野ひらめ、しじみ、それにドルフィン・フグタとシュリンプを、この世に誕生させたのです。四人は、姉たちのクローンなのです。それから、わたくしは、おのれの分身を育てました。何人も……。あなたもご覧になったわたくしの部下と、それに星野美千花も、わたくしのクローンであり、仲間でもあるのです」

黒川は意味ありげに笑った。

「そして、実際、彼らはよく働いてくれます」

働いてくれる？

どんなふうに？　なんのために？

——同性愛を合法化するためにか？

「わたくしが社会的な成功をおさめ、こうして裏で権力を持つようになったのも、父を殺した勢力に対抗するためです。わたくしは、今、少しずつ仲間を増やしています。この表社会で権力を把握している者も、裏社会で力を持つ者もいますが、皆、同性愛者か両性愛者です。わたくしたちは、いつか革命を起こすことでしょう。わたくしが生きている間には不可能なことでも、現在、幼い子供である仲間たちが……。そして、これからも生まれてくるであろう、わたくしの同志が、いつか……」

ふいに、光が強くなった。

あまりのまぶしさに、冴子は目をすがめた。

妙な浮遊感に包まれ、冴子の意識はそのまま遠のいていった。

＊

「先生。先生」

美蘭の声が聞こえる。

「こんなところで寝ていると、風邪ひきますよぉ」

冴子は目を開けた。

木洩《こ も》れ陽がちらついている。

ここはどこだ？　自分は解放されたのか？

不安と疑惑の中、身を起こす。

そこは、黒川邸の庭のベンチの上だった。

自分がきちんと服を着ていることを確認し、冴子は心底、安堵した。

しかし、それは自分の服ではなかった。よく似てはいるが、明らかに違うデザインだ。

ここに着てきたあの服は、すでに磯野姉妹に切り刻まれている。

自分が演じさせられた痴態を思い出し、冴子は恥辱と屈辱に体中が熱くなった。

そして、彼女は、おのれの内側に犯された感覚が残っていることにも気づいてしまった。

黒川の薄笑い、そしてあのいかにも楽しげなまなざし。磯野姉妹の笑いさざめく声……。

「先生、大丈夫ですかぁ？　ボーッとしちゃって」

美蘭はおっとりとした声で問う。どうやら、冴子の服が変わっていることにも気づいてはいないらしい。

「美蘭君……」

「はい」

「生きていたのだな。よかった」

「なに言ってるんですか、先生」

美蘭は軽く笑う。

「あたし、ワニ料理を食べさせてもらったんです。先生はバナナをごちそうになったんでしょ？　おいしかったですか？」

「いや」

苦々しい思いで、冴子はこたえた。

「美蘭君、わたしはいつからここにいた？」

「さあ。あたしはワニをごちそうしてくれたお姐さんたちに、先生が先にお庭で待ってるって、教えてもらっただけなので」

「そうか……」

美蘭の単純さに、冴子はあきれると同時に、安堵した。

一体、この子は、あの女たちにどのように言いくるめられたのだろう。自分たちがこの邸宅に潜入した目的を、忘れてしまったのだろうか？

あるいは彼女は、ワニ料理を食べさせてもらった時点で、勝手に平和条約を結んでしまい、すべてを水に流してしまったのかもしれない。

さすがは飲食店の娘。グルメひとすじだ。

いや、これは単なる体育会系の単純さなのだろうか。

「先生、大丈夫ですか？」

「ああ」

冴子はぼんやりとこたえた。

さきほど、自分は、白い光に満ちた夢を見ていた。しかし、あれは本当に単なる夢だったのだろうか？

黒川が語っていた彼女の過去は、大いにありうることだった。

もしや、自分は気を失っている間に、暗示をかけられ、夢を操作されていたのではないだろうか。

黒川は言っていた。革命を起こす、と。

（本当に、そんなことが可能なのか？）

冴子は思い、それから、ハッと気づいた。

一瞬、自分は、夢の中の黒川の言葉を信じていた。そして、心の奥底で、革命の成功を祈っていた。

（なぜ？）

鼓動がこめかみに響いてきた。

あの美しい姉妹に犯された部分が、熱を帯びてくる。

（だめだ……）

自分は、おそらく、忘れられないだろう。女たちの手で嬲《なぶ》られる、あの感覚を――。

「先生。顔色がよくないですよ。もうちょっと休んでから、帰りましょうよ」

「ああ。そうしよう」

冴子は力なくうなずいた。

そして、彼女は今更ながら思い出した。自分があのような目に遭ったのも、赤沼のせいだということを。

あの悪友があんな仕事を持ち込み、中途半端な偽造ＩＤカードを押しつけたりしなければ――。

戻ったら、赤沼をどやしつけねばならないだろう。

しかし、彼女に、この怒りの理由をなんと説明する？　真実を告げるのか？　自分はバナナワニ園で、美人姉妹によって、バナナで犯されました、と。

(そんなこと、できるか！)

冴子は内心、頭をかかえた。

おそらく、自分は、泣き寝入りするしかないのだろう。

＊

女囚Ｌ一七八九〇五号は、色とりどりの花が咲き乱れる草原にいた。

空は、どこまでも澄みきって青い。

小さな林には小鳥がさえずり、かわいらしい蝶たちは空中で求愛のダンスを繰り返している。

(つまらないわ)

Ｌ一七八九〇五号は、大きなあくびをした。

これは、薬物による幻覚だ。それは、わかっている。

ベッドに縛りつけられ、わけのわからない薬を注射されたのは、はっきり覚えているのだ。

気を失う前、彼女の耳に、看守と医師の会話が飛び込んできた。

「その薬は、大丈夫なんだろうな?」

「なにが、でしょう?」

「体に斑点ができたり、皮膚や肉がくずれてきたり、異常に太ったり、異常に痩せたり……とにかく、この囚人の容色を少しでも損なうようなことは、ないだろうな」

「はい、大丈夫です」

「確かだろうな?」

「すでに動物実験は済んでおります」

医師の冷ややかな口調に、看守は言い訳のようにつけ加えた。

「とにかく、どこぞのお偉いさんが、この女が死亡した折にはその死体をすみやかに引き渡すよう、要求してきているというのだ。この穢らわしい女を剝製にして飾るとか……趣味の悪いことだ」

Ｌ一七八九〇五号は、覚った――マダム・リリーが、収容所の人間に彼女の肉体を傷つけさせまいと、工作してくれたのだ。

ありがたいことだ。しかし――。

「あーあ。つまらない」

Ｌ一七八九〇五号は声に出して言い、草の上にあおむけに横たわった。

(わたしはもっと、めちゃめちゃにしてほしかったのに……。ああいう目とか、こういう目とか、とにかく筆舌に尽くしがたい経験というものをしたかったのに……)

これなら、意識がはっきりしたままベッドに縛りつけられていたほうが、まだ、ましである。

「つまらない、つまらない」

Ｌ一七八九〇五号の声は、澄んだ青空に吸い込まれてゆく。

実に退屈である。

(ああ、本当にたまらないわ、この退屈さときたら、まるで拷問だわ)

まるで拷問――その考えに行き着いたとき、Ｌ一七八九〇五号は、まさに宝の在処《ありか》を発見したのであった。

「ああ、退屈で辛いわ。本当に辛いわ。だけど、その辛さがまた、たまらないわ」

そうだ。これは拷問なのだ。

「ああ、なんて辛いのでしょう。こんな辛いことってないわ……はあぁっ……拷問だわぁ……。いいわぁ……」

Ｌ一七八九〇五号はうっとりとした笑みを浮かべ、おのれの肩を両手で抱くと、悩ましげに身悶《みもだ》えした。

どこまでも幸福な星野美千花であった。

地球娘による地球外クッキング

美しいルームメイト二人が口論している横で、里紗《りさ》は読書をしていた。

正確に言えば、読書するふりをしながら、戦況を見守っていたのである。

「殿方は泊めないというのが、我々のルールでしょう。それをあなたは破ったのですよ」

昔の漫画に出てくる意地悪ハイミス教師のような口調で言ったのは、美花子《みかこ》である。雑誌のモデルをやっているだけあって、ほっそりとしたその姿は非常に優美だが、奇妙なことに、彼女の物言いは友人に対してでも異様に堅い。

人間嫌いだというわけでもないし、お育ちがよすぎるわけでもないし、もちろん、悪い奴でもない。ただ、その性格がひどくエキセントリックであることは否めない。

しかし、対する吉田《よしだ》も、負けてはいない。妖艶な切れ長の目をスーッと細め、微笑みながら言い返す。

「クミちゃんは男じゃないわ。女の子よ」

「あなたが同性愛者で、あのクミさんという方があなたの恋人で、あなたがご自分のお部屋にクミさんを泊めたなら、わたしや里紗が男性を自室に泊めたのと同じことです」

「あーら、そうですか。でも、あんたや里紗に泊める男がいるようには見えないけど」

（失礼な女だなっ）

吉田の言葉に、里紗はひそかに憤慨したが、聞かなかったふりをして本のページを繰る。

けんかの原因は、女だ。昨夜、吉田が友達だと称して部屋に泊めた会社の同僚が、実は彼女の恋人だと判明したためである。

親密すぎる二人の様子を不審に感じた美花子が、さきほど吉田本人に問いただしたところ、案の定「恋人」の二文字が飛び出したのだった。

ふと、里紗は高校時代のことを思い出した。

（吉田って、よく美花子のスカートをめくったり胸をさわったりしていたけど、あれって、ふざけていたわけじゃなくて、本当に楽しんでやっていたんだね……。でも、吉田ってば、なんであたしには指一本触れなかったのかなぁ？　……返す返すも、失礼な女だなっ）

小柄でガリガリ体型の里紗は、色気というものには著しく欠けている。二十一歳になった現在でも、中学生にしか見えない。

そんな里紗がひそかに腹を立てている間も、戦いは続いていた。

吉田は美花子の口調を真似て、慇懃無礼《いんぎんぶれい》な調子で続ける。

「ついでに訂正させていただきますけど、わたしはレズビアンではなくてバイセクシュアルですからね。お間違えのないように」

「ならば、あなたは女性も男性も泊めてはいけません」

「あらあら、厳しいわねー。じゃあ、お訊きしますけど、あんたも里紗も、わたしにとっては欲情の対象となる可能性があるわけよねぇ？　だったら、あんたたちも出ていけばっ？」

この三ＬＤＫ平屋一戸建の家は、吉田の伯父のものだ。吉田は、渡米した伯父からこの家の管理をまかされているのである。

吉田は刺々《とげとげ》しい口調で続ける。

「あんたたちにとっては、わたしみたいな変態と共同生活だなんて、さぞかし気味が悪いことでしょうからねっ！　今までカミングアウトしなかったのは、謝るわよっ！　謝るから、さっさと出てって！　遠慮することはないわ！　わたし、心から反省しているから、出ていくあんたたちを止めはしないわよっ！」

（えーっ。あたしは出ていきたくないよぉ）

里紗は心でぼやいた。彼女自身は、吉田の恋人が異性であろうと同性であろうと、たいして関心はなかったのである。

そしてまた、吉田に追い出されかけていると覚《さと》った美花子は、現金なことに、無表情を保ちながらもたちまち態度を軟化させた。

「わたしは、そこまで申してはいません。落ち着いて考えてみてください。あなたが両性愛者であることなど、里紗がオタクであることにくらべれば、たいした問題ではないでしょう？」

（ええい！　どいつもこいつも、失礼な女だなっ！）

里紗は美花子の言葉に憤慨した。そして、数秒の躊躇《ちゅうちょ》の後、ついに彼女は本から顔を上げると、二人の会話に割って入ったのである。

「ねえ。二人とも、うるさいよ。読書の邪魔しないでよ」

思い切り冷ややかな声を出したつもりだったが、敵二人は少しもダメージを受けなかった。

それどころか、吉田は威圧的な調子で言い返してきたのである。

「さっきから、人がけんかしている横で悠長に本なんか読んだりして、あんたも、うざったい奴ねっ」

（あたしが読書している横で、あんたらが勝手にけんかを始めたんでしょうが）

里紗は心で反論するにとどめた。もし、口に出して言ってしまえば、矛先《ほこさき》がこちらに向くのは必至だ。

「その本、そんなに面白いわけ？　一体、なにを読んでるのよっ？」

高飛車な口調で訊いてきた吉田に、里紗はこたえる。

「ハインラインの『夏への扉』」

「知らないわ」

「ＳＦだよ」

すると、吉田はさも馬鹿にしたように、フフンと鼻で笑った。

「あきれた。いい歳して、まだ、空飛ぶ円盤とか宇宙人とかが出てくるような本を愛読していらっしゃったのね、あんたってば」

露骨にＳＦをけなされて、里紗はカッと頭に血が昇るのを感じた。

だいたい、『夏への扉』は、雑誌等で「海外ＳＦベスト10」といった類の企画をすれば必ず上位に食い込むタイム・トラベル物の大傑作なのである。

もはや、里紗の怒りは、かぎりなく義憤に近かった。また、彼女は、ＳＦに対して偏見を持っている吉田を心から軽蔑した。

（ああ、わが友ながら、なんて無知な女！　この程度の輩《やから》が巷《ちまた》に満ちあふれているから、日本ではSFという素晴らしいジャンルが正当な評価を得られないまま、今日まで来てしまったんだ！）

そして、里紗は勇気を振りしぼって言い放った。

「SFに対してその程度の認識しか持たない大衆を、あたしは軽蔑するねっ」

「ああ、いやだ。オタクの選民思想って」

「なにぃっ？」

里紗が不穏な声を発した、そのときである。

いきなり、キーンという金属音が三人の鼓膜を震わせた。それは、ものすごい速さでこの家に近づいてくる。

庭でなにかが白く光った。そして——。

ドン！

なにやら重く鈍い音がした。

三人は数秒の間、互いに顔を見あわせていた。それから、一斉に窓に駆け寄る。

「事故だわっ！　どこかの馬鹿が車でうちの塀に突っ込んだのよ！」

吉田の予想は現実的だったが、里紗にはまだ夢があった。

「隕石じゃないのっ？　だとしたら、あたしたち、テレビに出られるよ！　明日は朝イチで美容院に行かなくちゃ！」

そして、窓を開けて真っ先に顔を出した美花子が、実に冷静に報告した。

「違います。車でも隕石でもありません。ＵＦＯです」

「えーっ？」

冗談だと思い、笑いながら顔を出した里紗と吉田も、次の瞬間には凍りついた。

ろくに手入れもされてない夜の庭に、洗面器ほどの大きさの塊が落ちていたのだ。

それは、明らかに、墜落したＵＦＯだった。

色は灰色。材質はよくわからないが、とにかく妙にツルツルしている。

一度地面に激突してから、跳ね返って転がったのだろう。雑草の上に裏返しになっているものだから、底の三つの半球までちゃんと見えた。畏《おそ》れ多くもアダムスキー型ＵＦＯである。

しかも、宇宙人の死体つき。すぐ近くには、緑色をした親指ほどの小人の死体が二体転がっていたのだ。

それは、あからさまに、昔の陳腐なＳＦ漫画に出てくるような「空飛ぶ円盤」と「宇宙人」の小型版だった。

（な、なんて安っぽいシチュエーション！）

あまりにも恥ずかしい現実に里紗は赤面し、それから、声を絞り出すようにして言った。

「だ、だれかのいたずらじゃないのっ？」

「では、さきほどの金属音も、いたずらですか？　おまけに非常に明るく光りましたし、大きな音もしました。いくらいたずら好きな人でも、ここまで手間ひまかけたいたずらなど、普通やるでしょうか？　それとも、あなたがたは、こんなことをなさる人に心当たりがあるのですか？」

美花子に問われ、里紗と吉田は首を横に振った。

フウとため息をつき、美花子はこの状況を端的に評した。

「まるでＳＦですね」

（失礼なっ！）

こんな安易な現実をＳＦにたとえられ、里紗は内心、腹を立てた。しかし、残念ながら、反論するほどの元気も勇気も今の彼女にはなかったのであった。

＊

現在、里紗は大学三年生。日本文学が専攻だ。

入学してすぐの頃、彼女はＳＦ研究会に入会したが、会長が単なるアニメ・オタク、副会長が単なるゲーム・マニアであることに腹を立て、夏が来る前に退会していた。

里紗から見れば、アシモフもヴァン・ヴォークトもブラッドベリもクラークもハインラインもディックも読んでない奴はＳＦファンでないどころか、単なる愚民なのである。

吉田は短大卒業後、大手商社に入社して半年が経ったところだ。毎日、一時間かけて都心の本社まで通勤している。

一般職として採用された彼女は、会社からは男子社員の花嫁候補として期待されているはずなのだが、本人はちゃっかり同性の恋人を見つけ、社内恋愛を楽しんでいる。豪胆な女である。

そして、美花子は高校卒業以来、アルバイト生活を続けている。雑誌や広告のモデルもやっているが、しょっちゅうお声がかかるわけでもなく、最近はライターの仕事も始めた。

たとえば、あるサブカルチャー系雑誌で美花子が担当しているのは、ゲテモノ料理コーナーである。ゲテモノ料理を自分で考案し、試食し、そのリポートを発表するのだ。

今まで彼女が考案した料理は、チョコレート・ラーメン、納豆プリン、マシュマロ入り味噌汁、といったものである。結構おいしかったと彼女は語るが、当然のことながら、里紗も吉田も彼女の味覚を信じていない。

だいたい、普段から美花子は「味覚の冒険」と称し、自主的にバニラアイスクリームに明太子を混ぜたり、刺し身にジャムをつけたり、カマボコをホイップクリームで飾ったりして食べているのだ。よって、里紗は彼女の味覚を「変態味覚」と呼んでいる。

……と、そんな変人三人娘が暮らす乙女の館に、いきなりUFOが墜落してしまったのである。これぞ、猫に小判、豚に真珠。NASAが地団駄踏んで悔しがることは必至であろう。

今、宇宙人の死体は、応接セットのガラステーブルの上に安置されている。UFOは床の上だ。

里紗も吉田も用心して、それらには指一本触れなかった。美花子が一人で庭から運んだのである。

しかし、今のところ、美花子は無事だ。ピンピンしている。よって、吉田はすぐに警戒を解いた。が、里紗はまだ少しばかり尻込みしている。

三人はソファに座り、ガラステーブルの上の宇宙人を囲んでいた。

親指ほどの大きさの緑色の小人は、頭と胴と四肢を持つヒューマノイドだ。頭は大きく、だいたい四頭身ぐらいだろう。

髪は一本もない。耳と鼻もない。目と口は閉じているのか、小さな亀裂のようにしか見えない。つまり、いやにのっぺりしているのである。

服は着ていないが、人間らしい凹凸もなく、まるで人形だ。

虫眼鏡で宇宙人を観察しながら、バイセクシュアルの吉田は勝手な感想を口にする。

「この人たち、単純な顔してるわねぇ。それに、こんな体でどうやってセックスするのかしら？　他人事ながら、わたし、心配になってしまうわ。悪いけど、こんな相手に欲情できる奴は変態でしかないわよね。きっと彼らは、変態の星からやって来た変態星人なのよ。わたし、地球人に生まれて、本当によかった」

一方、ＳＦファンの里紗は、安易な現実を名作ＳＦにたとえて、おのれの心を慰める。

（腹立たしいほど陳腐な宇宙人だなぁ。でも、フレドリック・ブラウンの『火星人ゴーホーム』の火星人とちょっと似ていると考えれば、少しはうれしいかも……）

黙ってさえいれば美女である美花子は、腕組みをして、なにやら考えている。

そのシリアスな横顔を見ているうちに、里紗はだんだんと不安になってきた。

そして、ついに里紗は、どちらにともなく訊いたのである。

「ねえ。この宇宙人の死体、どうする？」

「吉田家の家宝にするわ」

間髪を容れず吉田がこたえる。

「ほら、河童《かっぱ》のミイラって、よくあるじゃない。あれに対抗して、こっちは宇宙人のミイラ！　マスコミが殺到するにちがいないわ！」

「それよりも、警察に届けたほうがいいんじゃないかなぁ？」

里紗は遠慮がちに吉田に反論したが――。

「馬鹿言わないでちょうだいっ。ＵＦＯと宇宙人を見つけました、って警察に届けたところで、信じてもらえるとでも思ってるのっ？」

「じゃあ、自衛隊に届けようよ。でなければ、宇宙開発事業団でもいいよ。こんなの持っていても、怖いだけじゃない」

里紗はSFファンではあったが、宇宙人ファンではなかったし、おまけに臆病だった。

反対に、強気の吉田は決意を秘めた口調で言う。

「でも、わたしは所有したいの」

（こ、この変人……）

そのとき、美花子がいきなりボソリとつぶやいた。

「食べたい……」

「なんですってっ？」

「この宇宙人を、食べたいのです」

今度は、はっきりとした口調だった。

（こ、この変態味覚の変態胃袋女は……）

里紗にはもはや、口をはさむ気力はない。

吉田はフフンと意地悪く笑うと、美花子に言った。

「おあいにくさま。この宇宙人は、吉田家の所有する土地に落ちてきたものなのよ。つまり、これは、吉田家の所有物。決定権は、わたしにあるわ」

吉田は有無を言わさぬ口調で断言したが、法的根拠などまったくないどころか、でまかせ以外の何物でもない。

それでも、美花子にはツッコミを入れる心の余裕もないらしく、吉田にすがりついた。

「吉田さん、お願いです」

いつの間にか、吉田は「吉田さん」に出世していた。

「わたしにこの宇宙人を譲ってください。料理は自分でしますし、後片づけだってきちんとやります」

「そういう問題じゃないわ。あんたが料理したところで、所有権が生じたりはしないわよ」

この異様なやりとりに、里紗はあわてて口をはさむ。

「食べたら死ぬかもしれないよっ！」

「ご安心ください」

キリッとした表情で、美花子は断言した。

「わたしは小学校三年生のときには、カブトムシの幼虫を生で食べたこともあるのです」

「ひぃぃぃぃーっ！　聞きたくなかったーっ！」

里紗は両手で耳を覆い、吉田は美花子に向かって冷たく言い捨てた。

「なに、いばってるのよ。バカね」

しかし、変態味覚の美花子は淡々とした口調で力説する。

「以前から、宇宙人の死体というとすぐに解剖したがるアメリカ人を、わたしは軽蔑しておりました。なぜ、彼らは、せっかくの宇宙人の肉を食べようとしないのでしょう？あの愚民どもの貧困なイマジネーションには、憤《いきどお》りを感じるばかりです。……吉田さん、お願いです。その宇宙人をわたしに譲ってください」

吉田はちょっと考えてから、ニヤリとした。

「いいけど、条件があるわ」

「なんですか？」

「今度、あんたがわたしと一夜を共にするって言うのなら、この宇宙人を譲るわ」

（ああ……二人の友がどんどん常軌を逸してゆく……）

里紗は完全に置いてきぼりだ。

吉田はニヤニヤしながら、もったいぶった口調で美花子に打ち明ける。

「実は、あんたが宇宙人を食べようとしない人々を愚民とみなしているのと同様、わたしは同性と愛しあわない人々を愚民とみなしているのよ」

ついでに里紗はSFを読まない人々を愚民とみなしている。つまり、この三人の世界観は「世の中、愚民だらけ」という点で一致しているのである。

吉田は続ける。

「いかが？　わたしと肉の悦楽に溺れてみない？」

「肉の悦楽、ですか……。焼肉とかステーキなら大歓迎なのですが……」

美花子は一人でボケている。やはり彼女は、性欲よりも食欲に重きをおいているようだ。

「心配することはなくってよ。女の体は、同じ女にはよくわかっているもの。どうすれば確実に快感が得られるかは、すでに承知よ。おまけに、わたしはテクニシャン。顔よし、体よしで、ルックスにも自信はあるわ。決して、がっかりはさせなくてよ」

（ひぃぃぃーっ！　異様な自己ＰＲをするなーっ！）

一人蚊帳《かや》の外の里紗は、鳥肌を立てて耳をふさいだ。

美花子は拒絶したりはしなかった。ただ、非常に迷っているようだった。

そして、無表情のまますんざん迷ったあげく、彼女はきっぱりと言ったのである。

「わたしは、あなたの出した条件に対して、さらにまた条件をつけたいと思うのですが、いかがでしょう？」

「あら、ずうずうしい」

吉田はちょっと気を悪くしたようだったが、このチャンスをみすみす捨てるほど軽率ではなかった。

「一体、なによ？　言ってごらんなさい」

「もし、あなたがわたしより先に死んだら、あなたの肉をわたしが食べることを許可してほしいのです」

（ひぃぃぃぃーっ！）

ついに、美花子はカニバリズムまで行き着いてしまった！

耐えきれず、里紗はわめいた。

「やめてよっ！　そんなこと、人間として許されないよっ！」

しかし、当の吉田は澄ました顔でこたえる。

「わたしはべつにかまわないわよ。死んだらどうせ火葬にされてしまうんだもの」

「そう。カニバリズムは、いわばリサイクル。人肉は地球にやさしい食材です」

「苦しい言い訳をするなーっ！」

吉田は性欲、美花子は食欲（しかも変態味覚）を満たすために、恐るべき契約を結ぼうとしているのだ。

（もう、こんな友達、いやだっ！）

まあ、百歩譲ってレズビアニズムとカニバリズムは許せても、宇宙人を食べることだけは、ＳＦファンとして許せなかった。そして、それこそが、里紗のオタク的なところであった。

里紗は気を取り直し、真剣に訴える。

「美花子っ！　落ち着いて考えてみてっ。やっぱり、宇宙人の肉なんて、食べちゃダメだよっ！　毒とか放射性物質とか未知の細菌とかが含まれているかもしれないじゃない！　それに、この宇宙人は、ある惑星からの親善大使かもしれないし、善良な観光客かもしれないし、かわいそうな難民かもしれないし、銀河帝国皇帝陛下ご夫妻かもしれないじゃないのっ！　下手すると、宇宙戦争になるよぉっ！　あたし、まだ、死にたくないーっ！」

「なにが銀河帝国皇帝よっ！　いい歳して、恥ずかしいこと言わないでよ、このオタク！」

吉田は里紗をしかりつけたが、美花子は里紗に調子を合わせて言う。

「安心なさい。こいつらは地球を侵略するためにやって来た悪い宇宙人です。我々は地球を救うのです！」

「いいかげんなこと言わないでっ！　気休めなんて聞きたくないよぉっ！」

里紗はすでに半泣きである。

「やれやれ。困ったオタクですね」

「放っておきましょ、オタクなんて」

このように、ＳＦファンはＳＦファンだというだけで迫害を受けることが多々ある。

「オタク」という言葉の発明は、一部の人々にとっては、利益よりも不利益を多くもたらしたのである。

里紗はひしひしとSF受難の時代を感じていた。

(こいつらより、あたしのほうが、ずっとまともな人間なのにっ!)

情けなくて、なにやら涙が出てきた。里紗は無言のまま、二人に背を向けた。

しばらくしてから、ポンと肩に手が置かれた。

——吉田だった。

そして、彼女はおだやかに微笑むと、かぎりなく優しい口調で言ったのである。

「なんだかんだ言って、里紗ったら、わたしと美花子が一夜を共にすることになったのが、妬《ねた》ましいだけだったのね。泣くほど悔しいなら、あんたも特別に仲間に入れてあげてもいいわよ」

「やめてよっ!」

吉田の傲慢な物言いを、里紗ははねつける。

そこへ、さらに美花子が口をはさんでくる。

「ひょっとしたら、あなたも、死んだらわたしに食べられたいのですか? それとも、反対に、わたしと一緒に吉田を食べてみたいのですか? どちらにしろ、あなたを仲間に入れてさしあげることにやぶさかではありませんが」

「おたくらと一緒にしないでよっ！」

「おや。オタクが我々のことを『おたく』と言いましたよ」

「まあ、不吉っ！　わたしたちまでオタクになってしまうわ！」

まるで、吸血鬼かゾンビ扱いだ。

「エンガチョ！　エンガチョ！」

吉田は中指を人さし指に交差させて小学生のように声を張りあげ、美花子は手を合わせて里紗をおがむ。

「つるかめ、つるかめ」

怒り心頭、里紗はわめいた。

「もうっ！　勝手にすればっ？　宇宙人を食べようと、女同士でセックスしようと、友達の死体を食べようと、もう、あたしは知らないからねっ！　ただ、あたしは仲間に入れないでよねっ！」

「願ってもないことです。あなたを入れたら、わたしの取り分が減ってしまいます。宇宙人の肉も吉田の肉も、あなたに分けてあげるのは惜しい貴重な食材です」

美花子は大真面目で言い、吉田も傲慢な口調で、

「正直言ってしまえば、わたし、あんたの肉体にはこれっぽっちも興味はないの。仲間に入れてあげると言ったのは、単なるボランティア精神。慈善事業もいいところ。うぬ

ぼれないでちょうだい」

（こ、こいつらっ……）

このように、いくら強気に出ようとも、結局、里紗が一番、分が悪いのであった。

＊

緑色の宇宙人を載せた皿を手に、美花子は大真面目な顔で言った。

「彼らは、日本国に墜落したＵＦＯの乗務員です。よってここは、日本料理でもてなすというのが筋というものでしょう」

「どういう筋だ、そりゃ？」

ムスッとした声で里紗がツッコミを入れ、吉田も冷ややかに、

「日本料理でもてなす、ってねえ……。日本料理にしてもてなす、っていうのが正しい言い方じゃないかしら」

美花子は二人を無視し、重々しく続ける。

「わたしは彼らを、丸ごと天ぷらにすることにしました。刺し身にすべきか、寿司にすべきか、天ぷらにすべきか、さんざん迷った末に決めたことです。反対意見は認めませんよ」

「いつの間に、さんざん迷ってたんだよ？　あたしは全然、気づかなかったよ」

里紗はあきれて言い、吉田も同じような口調で、

「だれも反対なんてしないわよ。食べるのは、あんただけだもの。余計な心配はしないでちょうだい。うっとうしいから」

まるで里紗と吉田が共同戦線を張っているようにも聞こえるが、事実はそうではないし、美花子もまったく動じなかった。

「しかと聞きましたよ、今の言葉」

吉田に向かって重々しく言うと、美花子は皿を手に、キッチンに消えた。追う者はなかった。

ただし、吉田は、彼女のスラリとした後ろ姿にホウとため息をついて、悩ましげに言ったのである。

「ああ……あの頼りない腰のラインがたまらないわ。見ているだけでイッてしまいそう……」

(ひぃーっ！　堂々と視姦するなーっ！)

里紗は一人、心の中でのけぞった。

吉田は性欲を満たそうとし、美花子は食欲（プラス変態味覚欲）を満たそうとしている。

だが、里紗のSF欲は、まったく満たされてはいなかった。

日本国内でSFという文学ジャンルがメジャーにならぬまま、里紗は二人のルームメイトには「オタク、オタク」といじめられ、そのうえ、いきなり庭に落ちてきたUFOは胡散臭《うさんくさ》さ百パーセントのアダムスキー型だし、宇宙人はこれまた恥ずかしくも嘘くさい緑色の小人なのである。

これは、世間の愚民どもが想像する「SFみたいな現実」そのものの陳腐な状況ではないか。

おまけに、美花子はその宇宙人を天ぷらにしようとしているのだ。彼女の発想は、SFに対する冒瀆以外の何物でもない。

しかし——。

(クヨクヨしてもしかたないことだ。もっとプラス思考になろう)

リビングルームのソファに身を沈め、里紗は考える。

(だいたい、あんな陳腐な宇宙人、美花子に食われて当然じゃないか。……そうだ。惜しいものか。あたしは、あんなにわかりやすい緑色の宇宙人なんて嫌いだ。どうせ、同じ知的生命体なら、惑星ソラリスみたいに星そのものが意思を持っていたりするのがよかったのに……。でも、それだと置き場所に困るか。まあ、あれが『宇宙戦争』のタコ型火星人そっくりだったら、もっとバカにされていたところだけど……)

その向かいの席では、吉田が爪を切りはじめている。

パッチンパッチンやりながら、彼女は歌うように言う。

「爪切りはー、レズビアン・プレイのエチケットー」

（ひーっ。こいつ、やる気満々っ……！）

他人事ながら、里紗は逃げ出したい気分に駆られた。

（だいたい、クミちゃんの立場はどうなるのっ？）

里紗は、昨日知りあったばかりの、吉田の恋人のことを思った。が、それ以上考えると脳味噌がパンクしてしまいそうだったので、思考をストップさせた。

彼女は、『夏への扉』を手にとる。

実は、これを読むのは二度目である。一度目はワクワクしながら急いで読んでしまったので、今回は余裕をもってストーリーの流れを味わいつつ読み進めていたのだ。

ただし、今日ばかりは、それも不可能に近かった。目は活字を追うが、頭は宇宙人の天ぷらでいっぱいなのだ。

今、キッチンで、宇宙人が衣をつけられ、油でカラッと揚げられている——そう思うだけで、SFファンである里紗の心は千々《ちぢ》に乱れた。

（どう考えても、美花子は間違っている！　宇宙人の死体は、天ぷらにしてはいけない！　あれは、やっぱり、解剖していろいろ調べるべきもの！）

里紗の思考がその結論にたどり着いたとき、リビングのドアが開いた。

入ってきた美花子の手には、お盆があった。上に載っているのは、割り箸と天つゆ、そして二体分の宇宙人の天ぷらだ。

（こいつ、本当に作りやがった！）

美花子はうやうやしい手つきで、天ぷらセットをテーブルの上に載せる。

吉田がそれを興味深げにのぞき込む。

「結構、おいしそうじゃないの。一見シシトウの天ぷらね」

（おえーっ！）

「あなたには、あげませんよ」

「いらないわよ、馬鹿」

馬鹿呼ばわりされても、美花子は言い返しはしなかった。結構、彼女は寛大なのである。

美花子はおもむろに席につくと、両手を合わせ、食べ物に感謝の意を示す。

「いただきます」

それから割り箸を割り、二つある天ぷらのうちのひとつをつゆにつけ、パクッと一口で頬張った。

（げえっ）

里紗は吐き気をおぼえた。

しかし、美花子はすました顔で咀嚼《そしゃく》している。

吉田が興味津々といった顔で訊く。

「どう？」

「なんだか、スポンジみたいで、いやに柔らかい……。スカスカして……。肉とは思えません。味もないし……」

あまり、おいしそうではない。美花子は不満げだ。

せめて、非常に変な味がすれば、それはそれで美花子は満足しただろうに。

それでも、彼女は黙々と咀嚼していた。どうやら、呑み込むのがもったいなくてしかたないらしい。

腐っても鯛《たい》、まずくても宇宙人。

ズ……ズズズ……。

異様な音に、里紗はハッとした。そして、その音源を知り、すっとんきょうな声をあげた。

「ゆ……ゆっ、UFOが、動いてるっ！」

飛んでいるのではない。それは、床の上をズルズルと這っていたのである。

まるで生き物だ。しかも、非常に単純な部類の……。

嗚呼《ああ》！　未確認飛行物体のプライドは、どこへやら！

三人が見守る中、UFOは一番手前にいた吉田の前でピタリと静止した。

「な、なによ、これ……」

吉田がうわずった声を出したとき、いきなり、UFOは彼女めがけて――。

「なっ……?」

跳躍したかと思ったら、吉田の腕に嚙みついた!

……そう。確かに、それは、嚙みついたのである。

UFOの側面と底面の境が、まるで口であるかのように横に裂け、吉田の腕をパクッとやったのだ。

「キャアアアーッ!」

吉田はホラー映画のヒロインのように美しい悲鳴をあげると、ガクリと床に膝をついた。

「吉田ぁっ!」

里紗もつきあって悲痛な声をあげたが、足がすくんで動けない。

UFOの口は、ムシャムシャと動いている。吉田を食おうとしているのだ。

そうと気づいたらしく、美花子はUFOに飛びかかった。

「ええい! わたしの未来の食べ物になにをするっ!」

幸いなことに、UFOは非常にけんかが弱いようだった。簡単に払い落とされてしまう。

「吉田っ！　大丈夫っ？」

里紗はギクシャクとした動きで吉田に駆け寄る。

噛みつかれたところは、幸い傷にはなっていなかった。しかし、本人は完全に放心状態だ。

「吉田ぁっ！　しっかりしてっ！」

里紗は吉田の肩をつかみ、ユサユサと揺さぶった。

美花子はＵＦＯとドッタンバッタン格闘している。まるで子供のけんかだ。

しかし、美花子は強かった。すぐに、両手と膝を使ってＵＦＯを床に押さえ込むことに成功したのだ。が、いきなり彼女は悲痛な声をあげた。

「ああっ！　しまったぁっ！　そうだったのかぁっ！」

「ど、どうしたのっ？　大丈夫っ？」

里紗は吉田をほっぽり出し、助太刀すべく美花子に駆け寄った。

しかし、里紗の心配に反し、美花子があいかわらず優勢に立ってることは明らかだった。ＵＦＯは、彼女の下でモソモソともがいているだけだ。

ひそかに安堵した里紗に、美花子は悔しげに言い放つ。

「本物の宇宙人は、天ぷらにした小人じゃなくて、このＵＦＯだったんですよぉっ！」

このこっ恥ずかしいアダムスキー型UFOが、地球外生命?

「じゃあ、さっき美花子が食べたヒューマノイドは、なんだったのっ?」

「あれは、おそらく食糧です!」

「えっ?」

「植物か動物か……どちらにしろ、知的生命体であるUFOに食われるだけの下等な生物だったんですよっ!」

「ええーっ?」

SFファンのくせに呑み込みの悪い里紗に、美花子は早口で説明する。

「吉田がこいつに食べられそうになった理由がわかりませんかっ? それは、あの小人がこのUFOにとっては食糧だったからなんですよっ。つまり、このUFO型地球外生命は、ヒューマノイドである我々を食べ物だと思っているのです!」

「でも、あれは緑色の小人だったじゃない! あたしたちは、色も大きさも違うよ!」

「色はたいして関係ありません! 赤いりんごも青いりんごも、我々は食べ物として認識しているでしょうっ?」

「じゃあ、大きさはっ?」

「大きさも関係ありません! 考えてもみてくださいっ。自動車ほどの大きさのりんごができたとしても、我々は、それを食べ物として認識するでしょうっ？」

　言われてみれば、その通りだ。食い意地が張っているだけあって、美花子はこの手の説明がうまい。

　しかし、里紗はさらなる疑問点を突きつけた。

「でも、吉田は噛みつかれても平気だったよっ。食べられなかったよっ」

「当然です。あのスポンジみたいな小人ばかり食べていれば、歯など必要ないし、たいした咀嚼力もいらないのです！」

　茫然とする里紗と、あいかわらず放心状態の吉田。

　その二人の目前で、美花子とＵＦＯ型地球外生命は、死闘をくりひろげる。と言いたいところだが、実際には、必死でもがくＵＦＯを美花子が押さえつけているだけである。

　美花子はわめく。

「ボヤボヤしてないで、手伝ってください！　今度こそ、本物の宇宙人を食べるのです！」

　食うか、食われるか、弱肉強食の世界である。

　しかし、とても手伝う気にはなれない。

　役立たずの友人二人に、美花子はさらに訴える。

「あきらめてはいけません！　この固い殻をはがせば、中には柔らかくてジューシーな肉と、いい苦みのあるワタと、珍味のミソが詰まっていて、必ずや我々の味覚を満足させてくれることでしょう!」

……ものすごいイマジネーションである。

明らかに、気の毒なUFO型地球外生命のほうが劣勢だった。どうやら、ひどく弱っているようにも見える。

このままでは、UFOは美花子に食われてしまうだろう。

(やっぱり、そんなことは、SFファンとして許せない!)

里紗は心の中で熱血した。

いくら陳腐なアダムスキー型UFOとはいえ、そいつが地球外生命ともなれば話は別だ。

こんなに意外性のあるオチがついたのに、美花子が満腹になっておしまいでは、すべてがぶち壊しである。センス・オブ・ワンダーもなにも、あったものではない。

そのとき、里紗はパッとひらめいた。

(もしかしたら、このUFOは……)

動きの鈍いUFOは、空腹時の美花子を思わせた。彼女は、空腹になると動けなくなるという悲しい体質だったのである。

(このUFO、おなかがすいてて飛べないんじゃないか? だとしたら、食べ物を与えれば……）

あいかわらず、ＵＦＯは美花子に押さえつけられ、ジタバタしている。

（一か八か……！）

里紗は皿の上に残っていた宇宙人の天ぷらをつかむと、ＵＦＯに向かって投げてやった。

（ナイス！）

うまい具合に、ＵＦＯはパクッとそれに食いついた。どうやら、丸呑みにしたようだ。

「ああっ！　わたしの天ぷらをっ！」

美花子が悲痛な声をあげた。

彼女の腕の下、ＵＦＯがムクムクと浮かびあがってきた。当然、彼女の体も一緒に浮きあがる。

「美花子、あぶないっ！」

里紗が警告を発したときには、すでに美花子はＵＦＯに振り落とされていた。

「こいつっ……！」

床に転がった美花子は、悔しげな台詞を吐き捨て、顔を上げる。

しかし、時すでに遅し。

ガシャーン！

窓ガラスをぶち割って、UFOは飛んでいってしまったのだ。見事な変貌ぶりだった。

三人は茫然としていた。

まさか、宇宙人の天ぷらを食べただけで、UFOがここまで元気になってしまうとは……。まるで、ホウレンソウを得たポパイである。

数秒の沈黙の後、最初に声を発したのは、美花子だった。

「里紗！」

「な、なに？」

美花子のけんまくにおびえつつも、里紗は返事をする。

「よ、よくも、わたしの天ぷらを本物の宇宙人に……。おかげで、わたしは、本物の宇宙人を食べそこねたんですよ！　里紗、あなたのやったことは、エイリアンに魂を売ったも同然ですっ！」

どうやら、彼女にとっては、宇宙人の食糧（つまり緑色の小人）を食べることよりも、宇宙人そのもの（つまりさきほどのUFO）を食べるほうが、何倍も価値のある行為らしかった。

フラッと優雅によろめいてから、美花子は里紗に向かって吐き捨てた。

「そもそも、あなたなんかを友達だと思っていたわたしが、間違っていたんですっ」

「あーっ！　ひどいっ！」

「ひどくありませんっ！」

　バン！

　美花子は怒りにまかせてテーブルを叩いた。

　すると、信じられないことが起こった。

　あろうことか、いとも簡単にガラステーブルはバラバラと割れ、床に散らばってしまったのだ。

　天ぷらが載っていた皿と天つゆの器も、一緒に床に転がっている。

「な……に……」

　里紗は身をこわばらせた。

「さっきの天ぷらが効いたのね」

　いつの間に復活したのやら、吉田が疲れきった声で言った。

　どうやら、あの緑色の小人を食べた者は、即パワーアップできるようである。

「素晴らしい……」

　美花子はおのれの手を見つめて、つぶやいた。

　この現象で、彼女は完全に機嫌を直したようだ。美しい顔は喜びに満ちあふれている。

　里紗は震えあがった。大変な人物が馬鹿力を得てしまったのである。

　人類の未来は、とてつもなく暗かった。

＊

「ただいまー」

五時間の残業をこなしてきたらしく、吉田は午後十一時過ぎに帰ってきた。

「おかえり」

夕刊をたたみながら、里紗は返事をする。

「美花子は？」

「また、出かけてるよ。ワイヤーで強化した捕虫網を持って」

「あきれた女だわ。こんな夜中近くに」

吉田は身を投げ出すようにソファに座った。

美花子は例のＵＦＯ型地球外生命をつかまえに出かけているのである。目的は、そいつが携帯しているであろうあの宇宙人型食糧だった。

あれを食べることにより怪力を得て大喜びの美花子ではあったが、気の毒なことに、翌日にはその力は消えてしまったのだった。美花子の落胆ぶりは、痛々しいほどだった。

が、彼女はすぐに立ち直り、例のＵＦＯの捕獲に燃えはじめたのだ。

あれから一週間。今日もまた、暇を見つけては、彼女はＵＦＯ狩りに出かけている。

（とんでもない痴《し》れ者……）

エイリアンの食糧をとりあげようというルームメイトのあさましさに思いを馳せ、里紗は思わず赤面した。

「ねえ、里紗」

「なに？」

「わたし、やっぱり、クミちゃんと別れたほうがいいのかもしれないわ」

「そ、そう？」

突然の吉田のシリアスな台詞《せりふ》に、里紗はあいまいな反応しかできなかった。

吉田は、あの夜から性欲がなくなったのだと言う。ＵＦＯに食われそうになったショックだと、本人は考えている。

美花子とのうれし恥ずかしの約束の夜も、まだ実行に移してはいないらしい。

どうやら、性欲は食欲に敗れたようだ。どちらも欲望であることに違いはないが、緊急性に関して言えば、食欲のほうに軍配があがる。その差が証明されたというわけだろうか？

（まあ、放っておくか。死ぬわけでもなし）

里紗はあっさりと思った。

彼女自身、あの夜を境に、劇的な変化を遂げていた。

なんと、彼女は、ＳＦ小説を読む気をなくしてしまったのだ。

陳腐な宇宙人とUFOが出てくる異様な日常を体験してしまったあとでは、あからさまに陳腐でないSF小説が嘘っぽく思えてしかたないのである。

（やれやれ）

里紗は読みかけの文庫本を開いた。

SFではない。中国の旅行記だ。

宇宙旅行も時間旅行もパラレルワールドも地球外生命も宇宙コロニーも植民惑星もクローンも人工知能も電脳空間《サイバースペース》も出てきはしない。これなら、今の彼女にも平和な気分で読み進めることができるのだった。

このように、里紗も吉田も、あの夜の疲れを今もなお引きずっていた。

SF欲も性欲も、一見陳腐で実は過酷な現実の前に、敗れ去ったのだ。

そして、元気なのは、美花子一人。

食欲の勝利だった。

タタミ・マットとゲイシャ・ガール

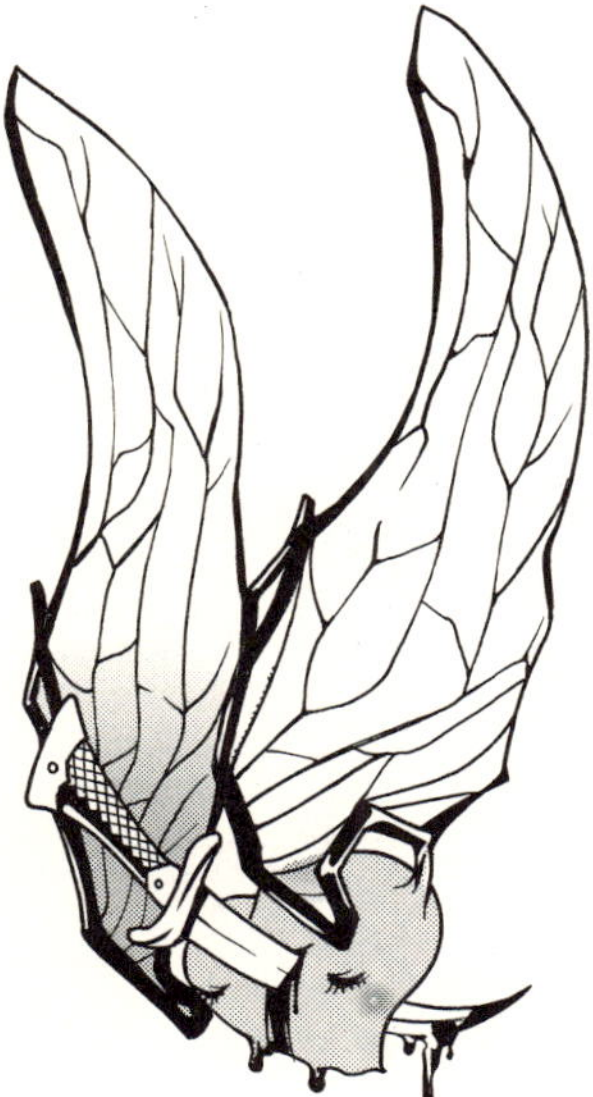

偉大なる東洋の哲学、ゼンには「起きて半畳、寝て一畳」という言葉がございます。タタミ・マット一枚のスペースで暮らすつつましさを賛美する、清貧の思想につながる格言です。

そのような日本人の気質を表わしてか、わたくしがターゲットに選んだ家は驚くほど小さなものでした。

屋根は、カワラと呼ばれる薄いレンガで葺《ふ》かれています。色はちょうど、布に落ちて乾いた血のようなくすんだ赤。

マルコ・ポーロが『東方見聞録』に書き遺した黄金の島ジパングの伝説は、草葺きの屋根やタタミ・マットを黄金と見間違えたことに端を発するものだという説がありますが、現代では生まれようのない美しい誤解でしょう。

ブロックを重ねた塀に囲まれた、この小さな家に暮らす者たちのファミリー・ネームは「ヤマダ」です。日本の文字では「山田」と書きます。「山」は連なるｍｏｕｎｔａｉｎｓの姿を、「田」は美しく並んだｒｉｃｅ　ｐａｄｄｉｅｓをかたどった象形文字です。日本の書籍や新聞には、これら東洋のヒエログリフが活字となって印刷されています。それ自体が素晴らしいアートだと言っても、過言ではないでしょう。

この一枚の風景画のごとく麗《うるわ》しい名を持つ一族の家に忍び込もうとしているわたくしは、なにを隠そう、ちっぽけな一匹の蚊です。

しかし、蚊に姿を変える前は、波打つ金色の髪に青い目の美しい女吸血鬼でした。ある朝起きたら醜い毒虫になっていたという不条理な物語がありますが、わたくしの物語はそのように唐突なものではございません。

英国はロンドンの街角で、わたくしは夜な夜な若い娘たちを誘惑し、彼女らのかぐわしいベッドまで入り込み、そして、夢のような時間を過ごしたあとに、熱く甘い血液を心ゆくまで味わっておりました。が、ある夜、卑劣な罠にかかり、人間どもに生け捕りにされてしまったのです。

あの夜、わたくしを誘惑したオリーブ色のワンピース姿のセクシーなブルネットの娘は、ハンターが雇った囮《おとり》だったのです。

わたくしは、地球で最後の吸血鬼でした。誇り高いわが一族は、わたくしを除いて一人残らず残虐な人間どもに殺害されたのです。

敵は、残酷な刑罰をわたくしに科しました。それが、現在、わたくしが置かれている状況なのです。

しかし、蚊に姿を変えられたとは言っても、魔法などではございません。人間どもは、わたくしの思考を電子データに置き換え、コンピュータ・プログラムの中に組み込んだのです。蚊であるこの肉体も、かりそめのもの。

つまり、わたくしは蚊――メスだけが血を吸う、あの小さな羽虫――に姿を変えられて、電脳空間に放たれたのです。

そして、本当の肉体――金の波のような髪に磁器のごとく白い肌をした女吸血鬼――は、今、仮死状態のまま、忌まわしい研究所のベッドに縛りつけられているはずです。

人間たちは、わたくしに告げました。元の姿に戻りたければ、電脳空間で血を吸え、と。それがおまえに科せられた刑なのだ、と。

蚊は害虫であり、人々はこの昆虫を忌み嫌っています。

もし、電脳空間において蚊であるわたくしが人の手に叩かれたり、殺虫剤の霧に襲われて絶命すれば、現実で深い眠りに沈んでいる真の肉体もまた、死を迎えるのです。

つまり、これは、命を賭けたゲームなのです。

二枚の翅に六本の肢を持つおぞましい昆虫は、わたくしの魂を閉じ込めるための檻です。このかりそめの肉体から解放されるには、なんとしてもここ電脳空間で美しい娘を探し、血を吸わねばなりません。

　いいえ、べつに獲物は若く美しい女性でなくてもよいのです。しなびた老婆や、髪の薄くなった中年紳士や、性愛の神秘などなにも知らない子供でも、血が通っている生者であれば充分です。

　しかし、わたくしにもプライドというものがございます。

　現実では、夜な夜な美しい娘をこの胸に抱き、その白い首に牙をうずめていたわたくしが、なぜ、蚊に身をやつしたとたんに、獲物に対しても妥協せねばならないのでしょう。

　わたくしは孤独な夜の貴族。欲望のおもむくままデカダンスを極め、人々の恐怖を糧《かて》に、生きてゆくのです。

　ああ、しっとりとなめらかな肌をした娘の血がほしい！　彼女らの蜜をたたえた花を、よく動くおのれの五本の指で散らした懐かしい日々を思い起こしながら、この口の管を一気に柔肌《やわはだ》に刺してやりたい。そして、わたくしと娘は二人でひとつになり、体液の交換をするのです。

　むくつけき殿方などの血を吸うなんて、考えるだに身の毛がよだつというものです。

わたくしは、その小さな家を一周し、侵入可能な隙間を探しました。

そして、たまたま開け放たれていた窓から、室内に入り込むことに成功したのです。

そこは、キッチンでした。使用人を必要としない東洋の庶民の台所。言い換えれば、そこは夫に仕《つか》える貞淑な妻の城。

美しくミステリアスな日本人女性は、このシンプルなキッチンで、スシ、テンプラ、スキヤキ、サシミなどにライス・ボールを添えた豪華なディナーを作るのです。

そうして、夜には布団の上でウタマロの絵のように激しく、夫と愛の行為に及ぶのでしょう。それも、オリエンタルな魔法じみた技巧でもって！

毎夜毎夜、サムライたちの剣は妻たちの花に雄々《おお》しく挑み、そして、敗れるのです。

おのれの想像に恍惚としながら、わたくしは水切り籠の中にあった箸の一本に留まりました。

ああ、わたくしも早く妖艶なジャパニーズ・ガールの寝所《しんじょ》に忍び込みたい！　とろけるような処女の血で、この肉体の渇きを癒したい！

そうです。キッチンなどで物思いにふけっている場合ではございません。

二枚の翅を震わせ、わたくしは飛び立ちます。

そして、開け放たれたドアから廊下に出たとき――懐かしい香りに気づき、ハッとしました。

これは乙女の柔肌が発する香りです！　間違いありません。

ひんやりとした廊下を飛びながら、その夢のような香りをたどってゆきます。

脳裏には、まだ会ったこともない美しい日本娘の姿が浮かんできます。

烏の濡れ羽色のまっすぐな髪。闇の色の中に情熱を宿した切れ長の目。収穫時の稲穂のような豊かな色のなめらかな肌。紅などささなくとも赤く色づいている唇。そして、脚の間の美しい、それはそれは美しい徒花《あだばな》……。

――たおやかな日本娘よ、おまえの花は、このわたくしが散らせてあげよう。男などに渡すものか。おまえは、同性に手折《たお》られてこそ美しい花。それをおまえの肉体にたっぷりと教え込んであげよう。

――おまえがほしいのは愛？　痛み？　それとも、痒《かゆ》み？　どれを選んでも、おまえは苦しむ。わたくしのために。

狩る者としての本能が、わたくしの欲望をチリチリと刺激し、思わず悩ましげな吐息をついてしまいます。

そして、求めてやまぬ乙女に対して、この心は言葉を紡ぎ出すのです。

――おお、なめらかな肌の日本娘よ、まみえぬうちから、なぜ、わたくしを惑わせるのだ？　これもまた、東洋の魔術なのか？

右前方に、紙の戸が見えました。フスマ・ドアです。

日本人は、木の代わりに紙で戸を作り、もろさが醸し出すあやうさを楽しむのです。なんと風雅な民族でしょう！

低空飛行で部屋に入ったわたくしは、思わず声をあげそうになりました。

そこは、タタミ・マットが敷かれた伝統的な日本の部屋だったのです。

タタミ・マットは、縦約三フィート、横約六フィートの長方形の台にイグサという植物の織物をかぶせ、平行する長い辺を美しい布で縁取ったマットです。

日本人はタタミ・マットを床に敷きつめ、その上に直接座り、時にはしどけなく寝そべったりもします。そしてまた、タタミ・マットは、ティー・セレモニーやイケバナの舞台にもなるのです。

大和民族の合理性に、この異邦人めは、ただただ目を見張るばかりです。

その一方で、洒落《しゃれ》た遊び心を感じさせる紙の窓「ショウジ・スクリーン」にも、強く惹かれるのでした。

ショウジ・スクリーンやフスマ・ドアのもろさは、風が吹いただけで崩れて脱げてしまうのではないかと思わせるキモノのあやうさにも似ています。もろいということは、なんとエロティックなのでしょう。

飢えた身を焦《じ》らす乙女の肌の香りは、この部屋に入ってから、ますます強まっています。

そのとき、わたくしはハッと身を震わせました。タタミ・マットの上に横になった者がいることに、気がついたのです。わたくしが求めてやまない日本娘にちがいありません！

しかし、このように低空飛行を続けていては、彼女の全身は横に長い丘陵にしか見えません。

この日本娘を襲う前に、彼女の花のかんばせを拝んでおくべきでしょう。

そう。花の美しさを確かめずに手折る者が、どこにおりましょうか。

わたくしは、飛行高度を上げ、乙女から距離をとりました。

しかし、彼女の姿が視界に収まってゆくにつれ、なにかがおかしいと感じはじめました。

フジヤマにかかる薄雲のような髪型、奈良や鎌倉の大仏を髣髴《ほうふつ》とさせる、福々とした腹。

果たして、こんな乙女がいるものでしょうか？

そして、とうとうわたくしは気づきました。

これはかぐわしい肌のジャパニーズ・ガールではありません！　東洋の薄汚い中年男です！

バーコードを模したような貧しい頭髪に、貪欲《どんよく》さを示すような出っ腹。平凡な風貌に、さらに無個性を強調するような眼鏡。

けれども、ストリート・ファッションと洒落込んでか、白いラインの入った青いジャージの上下を身につけています。なんと身の程知らずな！

日本人はこのような見苦しい中年男性を「オヤジ」と呼びます。

ああ、ＯＹＡＪＩ！

この、母音を強調するエキゾチックな響きの東洋の単語が、薄汚れた中年男性を指すなどとは、だれが想像しうるでしょうか。

ジャパニーズ・オヤジに幸あれ！　とりあえず、わたくしは彼にはかかわらないことにいたします。

これはきっと卑劣な人間どもの罠です。乙女の香りを持つオヤジをこの部屋に配置し、わたくしにその血を吸わせ、家の奥深くに暮らす娘の純潔を守ろうという作戦にちがいありません。

その手には乗るものですか！

アデュー、オヤジ。二度とおまえに会うことはないだろう！

しかし、そのときです。

「むうっ？」

なぜか突然、オヤジが低くうめいたのです。

旋回して彼のほうに向き直ったわたくしは、眼鏡の奥のつぶらな瞳が鋭い光をたたえているのを見たのでした。

次の瞬間、オヤジはニンジャもかくやと思わせる飛ぶような身のこなしで立ちあがりました。

パン！　パン！　パン！

神殿に向かって祈りを捧げるときに日本人がやるように、オヤジは両手を激しく打ちつけました。ターゲットは、このわたくしです！

四発目の攻撃では、あやうくつぶされるところでした。

しかし、わたくしはオヤジの手が生む風圧に乗って舞いあがりながら、心で笑ってやります。

フッ……おまえごときに殺《や》られはしなくってよ。

そのとき、中年太りのオヤジが信じられない動きを見せました。彼はヒラリと宙に舞ったのです。

刃《やいば》のように鋭く闇のように黒い目は、わたくしを見据えています。その殺気のあまりの激しさに、わたくしは思わず息を呑み、逃げることさえ忘れて宙に停止してしまいます。

彼の目は、まさしくサムライの目だったのです！

ぱぁんっ……！

凶刃《きょうじん》と化したオヤジの手が雷鳴のごとく轟きます。

その指が左の翅をかすりました。

わたくしは、からくも逃れます。

どうっ！

背後で重い地響きにも似た音がしました。

天井にまで舞いあがったわたくしの目に映ったのは、タタミ・マットの上に倒れ伏しているオヤジでした。彼はピクリとも動きません。

これが、かの有名なカミカゼ・アタック……。サムライの心は二十一世紀にも受け継がれていたのです。

なんとも厳粛な気持ちになったわたくしでしたが、敵に対する余計な情けこそが身を滅ぼすのだと気づき、心を引きしめます。

思い直したわたくしは、あえてオヤジを嘲笑してやります。

——ホホホホホ、悔しいかい？　悔しければ、ハラキリでもおし！

おのれの戦意を高揚させたところで、わたくしは日本家屋の小さなアート・スペース「床《とこ》の間」に近づきました。

そこには、掛け軸と呼ばれる縦長の絵画が掛けられています。

わたくしは、掛け軸の裏に身を滑り込ませ、そこに留まりました。酷使した翅をゆっくり休めるためです。

こんな近くに敵が潜んでいるとは、さしものオヤジも気づきはしないでしょう。

安心したとたんに、睡魔が襲ってきました。そのまま平和な眠りに身をゆだねます。

夢の中は黄金の国ジパングでした。

金髪の女吸血鬼に戻ったわたくしは、あでやかなゲイシャ・ガールをその腕に抱いています。彼女のキモノには、桜とフジヤマと東京タワーが描かれています。

ゲイシャ・ガールの高く結《ゆ》った黒髪はそのままに、わたくしはキモノに手をかけました。

キモノにはボタンやジッパーやホックはついていません。布を留めるためのピンさえも使われてないのです。

日本人は、その美しい衣装を、紐と帯のみで留めているのです。なんとあやうくエロティックな民族衣装なのでしょう。

しかも、女性の下着はコシマキと呼ばれる巻きスカートの形をしたペチコートだけだというではありませんか。

いたずらな風が乙女らのキモノの裾を乱すたびに、うれしいアクシデントが起こるのは、想像に難くありません。わたくしにとっては、まさにパラダイスです。

素敵なプレゼントの豪華なラッピングをはがすような気分で、わたくしはゲイシャ・ガールのキモノを脱がしてゆきます。

黄金色のタタミ・マットの上に色とりどりの紐や帯が流れ落ち、キモノが広がります。

重い衣装から解放されるのがうれしいのか、ゲイシャ・ガールは愛らしい声でわたくしにささやきます。

「ドウモ、ドウモ」

ついにゲイシャ・ガールは、桃色のペチコート一枚になりました。その下にはなにも身につけてはいないはずです。

わたくしはその肌の美しさに見とれます。彼女は茶碗に盛られたライスのように色白だったのです。

白い首筋か、それとも、ペチコートの下の美しい花か。おのれの欲望をどちらに向けるべきなのか、わたくしは迷いました。

ゲイシャ・ガールは決断をうながすように、甘いささやき声で繰り返します。

「ドウゾ、ドウゾ」

ああ、もう、どうにもたまらない気分です。

わたくしはとうとう、ゲイシャ・ガールのペチコートを荒々しくめくりました。

しかし、そこにあったのは、三角の愛らしい茂みと美しい花ではなく、これ以上はないというほどの暗黒だったのです。まるでブラックホールのような。

わたくしは思わず悲鳴をあげ――。

そして、目覚めたのです。そこは床の間の掛け軸の裏でした。

すでに部屋にはオヤジの姿はありません。

わたくしは飢えと渇きをおぼえ、飛び立ちます。

早く……早く日本娘の血がほしい！　熱く、トロリと甘い真紅の命の源が！

そのとき、気づきました。なにやら、空気の中にうっとりとするほどよい香りが混ざっています。血の匂いではございません。

このミステリアスな香りを、なんと表現すればよいのでしょう。

男性的であり、女性的でもある香り。カブキの女形《おやま》を連想させる、妖艶で危険な香り。

あるいは、ブッダのささやきのような、琴の調べのような、キヨミズの舞台のような、
スモウ・レスラーの豊かな乳房のような……。

わたくしは大きく息を吸い込み――そして、体の異変に気づきました。

い、息ができない！

全身が痺れ、翅を自由に動かすこともできません！

まさか、この香りの正体は毒ガス？

よろめき、タタミ・マットの上に墜落しそうになりながらも、わたくしはこの部屋の

隅で香が薫《た》かれていることに気づきました。あれが香りの源にちがいありません。渦を巻く緑色の、それはそれは美しい、オブジェのような香です。赤くすぶる渦巻の先端から、妖しい煙が立ち昇ります。

これは東洋の魔術？　いいえ、あのミステリアスな香りを含んだ煙は、まさに死の煙！

これはきっと、オヤジが仕掛けた卑劣な罠にちがいありません。

激しい怒りが、心に吹き出します。

——おのれ、オヤジ！　貴様、それでもサムライかっ？

気分はすでに、日本の偉大な映画監督アキラ・クロサワの「乱」です。

わたくしはよろめきながらも、フスマ・ドアのわずかな隙間から、廊下に脱出しました。

ああ、空気がおいしいこと！　わたくしは助かったのです。

ざまあごらんあそばせ、オヤジ！　おまえなんかの罠に引っかかってなるものですか！　おまえがそこまでして守ろうとしている日本娘の味が楽しみだというものよ！

ホホホホホ……。

わたくしは用心深く空気の香りをかぎました。

あの忌まわしい煙の妖しい匂いは、もう、しません。代わりに、わたくしは乙女の香りをかぎ取ったのです。

今度こそは、オヤジではありません。本物の乙女です！

期待と欲望を胸に、わたくしは香りの源に向かって飛びます。

目の前に階段が現われました。

どうやら、愛《いと》しい日本娘はこの家の二階に暮らしているようです。

わたくしは迷わず二階を目指します。

階段をのぼりきったところに、ドアが二つ並んでいました。どちらも開け放たれています。

もちろんわたくしは、乙女の香りがする部屋を選びました。

そして、とうとう美しい日本娘を見つけ出したのです。

胸を高鳴らせる一方で、実のところわたくしは、少しばかり拍子抜けしてもいました。と言いますのは、その娘がベッドの上に横になっていたからです。もちろん、この部屋の床は板敷きです。ああ、これがタタミ・マットであり、その上に布団が敷かれていたとしたら、どんなにか素晴らしいムードを味わうことができたでしょう！

そしてまた、目の前の娘も、期待外れの感を否めません。

確かに、美しい娘です。しかし、彼女の髪は背中まで流れる艶やかな黒髪ではなく、茶色にブリーチしたショートカットだったのです。

ああ、なぜわざわざ美しい髪を切り、その闇の色を落としてしまうのでしょう！　これが日本のスクール・ガールの流行なのでしょうか？　だとしたら、そんな流行はさっさとすたれてほしいものです。

また、娘がキモノではなくTシャツとショートパンツを身につけていることにも、わたくしはがっかりいたしました。

確かに蚊としては、キモノよりショートパンツのほうが血を吸いやすく、大助かりです。しかし……ああ、わたくしが夢見た紐と帯で留められたあやうい民族衣装と、ショーツの代わりのコシマキのエロティシズムは、どこにもありません。

わたくしが頭に描いた吸血プランでは、処女のコシマキの中に入り込み、指の代わりにこの口の管を彼女の肉体に突き立てるはずでしたのに！

などと、いろいろ不満を並べてはみましたが、やはり、空腹には勝てません。

日本娘の息に含まれる炭酸ガスの香りは、わたくしを恍惚とさせます。

ああ……もう、我慢できません！

わたくしは吸い寄せられるように日本娘に近づいてゆき、彼女の太股《ふともも》に降り立ちました。

口の管を一気に彼女の肌に突き立て、彼女の体内におのれの唾液をそそぎ込みます。それにより、人間は痛みを感じなくなり、また、血液も凝固しにくくなるのです。

わたくしは、力いっぱい吸いました。たちまち口中は甘い血の香りに満たされ、わたくしは恍惚とします。

日本娘の血は、実にあでやかでエロティックな味がいたします。これはまさにゲイシャ・ガールの血です！

満腹になれば、わたくしは人間そっくりの姿をした吸血鬼に戻ることができます。あ、早く、あの美しい肉体を取り戻したい！

視界が、ぼやけてきました。この電脳空間から解き放たれる時が近づいているのです。

あと少しで、わたくしは吸血鬼に戻れる。

あと少しで……。

＊

ハッと気がついたわたくしの耳には、街のざわめきが飛び込んできました。

人々の会話は、なめらかなクイーンズ・イングリッシュです。

わたくしは、夕暮れのオープン・カフェのテーブル席に一人で座り、道行く人々をながめていたのでした。

ここは、どこの街でしょう？　目の前の風景には見覚えがあります。

……思い出しました。ここはロンドンの大英博物館近くのカフェです。

ああ、やっと元の姿に戻ることができたのだ……という思いが、一瞬、脳裏をかすめましたが、それは単なる錯覚だと、すぐにわたくしは気づきました。

なぜか、たった今までわたくしは、自分が蚊に姿を変えられた女吸血鬼なのだという白昼夢を見ていたのです。

どうかしています。現実は、その反対なのですから。

実は、この金髪に青い目の女吸血鬼の肉体は、わたくしの本当の姿ではありません。こんなふうにカフェの椅子で長い脚を組んでいても、体には違和感が残ります。

わたくしの真の姿は、一匹の蚊なのです。あの、二枚の翅と六本の肢を持った、美しい虫。

最後の一匹の蚊、それがわたくしでした。

すでに仲間たちは一匹残らず、卑劣な人間どもに殺されてしまいました。

敵は、残酷な刑罰をわたくしに科しました。それが、現在、わたくしが置かれている状況なのです。

しかし、蚊から女吸血鬼に姿を変えられたとは言っても、魔法などではございません。人間どもは、蚊であるわたくしの思考を電子データに置き換え、コンピュータ・プログラムの中に組み込んだのです。女吸血鬼であるこの肉体も、かりそめのもの。

つまり、わたくしは吸血鬼に姿を変えられて、電脳空間に放たれたのです。

このロンドンの街角も、コンピュータが見せている仮想現実の夢。

人間どもは、言いました。元の姿に戻りたければ、電脳空間で血を吸え、と。それがおまえに科せられた刑なのだ、と。

わたくしは、なんとしても、この電脳空間で人間の娘の血を吸い、蚊として現実世界に戻らなくてはなりません。

電脳空間においても、人間たちはわたくしの命を狙うことでしょう。けれども、殺されるわけにはゆきません。ここで命を落とせば、最後の一匹の蚊である本当のわたくしも、現実世界で死を迎えることになるのです。

現実の世界で、蚊であったわたくしは、遠い日本国の小さな家の中をさまよっていました。

そのときは、どうも、自分が本当は吸血鬼なのだという妄想に支配されていたようですが、すでに記憶はあやふやになっています。

なぜ、わたくしは、あんな妄想にとらわれていたのでしょう。

そのとき、なんの脈絡もなく、頭の中に、あるアイデアが浮かんできました。

脱獄の憂《うれ》いなくして囚人を永遠にとらえておくには、二つの閉ざされた空間を用意すればよい。彼を空間Aに閉じ込めているときには、空間Bを娑婆《しゃば》だと思わせ、彼を空間Bに閉じ込めているときには、空間Aを娑婆だと思わせる。そうして、囚人には空間A

と空間Bの間を行ったり来たりさせる。もちろん、本物の娑婆はAでもBでもない。

一体、なぜ、こんな考えが浮かんできたのか、わたくしにはさっぱりわけがわかりません。

なにかの本で読んだのでしょうか。それとも、だれかから聞いたのでしょうか。

電脳空間に囚《とら》われているせいなのか、どうも、頭の働きが鈍くなっているように感じます。

しかし、くだらない考えに拘泥《こうでい》している場合ではございません。

今はただ、美しい乙女の血を吸うことだけを考え、それをすみやかに実行に移すべきでしょう。

隣のテーブルには、セクシーなブルネットの娘がいます。胸の大きく開いたオリーブ色のワンピースがよく似合っています。

彼女には、どこかで会ったような覚えがあります。過去、彼女に魅力を感じ、欲望をおぼえ、深く関ろうとしていたような……。

瞬時のうちに、頭の中に「ハンター」だの「囮」だのといった言葉がフラッシュバックしました。けれども、それも妄想の一部なのでしょう。

私は思い直し、ブルネットの娘の横顔を見つめて、おのれの欲望を再確認します。

ああ、あの筋の浮いた細い首に口づけることができたら……!

そのとき、娘と目が合いました。彼女はにっこりと微笑みます。脈ありだわ——そう確信して、わたくしも微笑み返します。もう、決めました。今夜の獲物は、このブルネットの娘です。

テーブル物語

テーブル物語（一）

むかしむかし、二十五世紀のこと。

ある惑星のある国に、一台の奇妙なテーブルがあったことから、この物語は始まる。

それは、美しい木製のテーブルだった。表面を薄く覆うニスの下では、深い色の木目が女体のようになめらかな曲線を描いていた。

あるいは、それは木ではなく、木を精巧に真似た人工素材だったかもしれない。今はもう失われてしまった技術による。

どちらにしろ、かなり古い時代のものであることは、確かだ。人類が地球の外に飛び出す前の、地球時代に作られた可能性も高い。

このテーブルが人目を引くその訳は、天板と脚にほどこされた巧みな彫刻にあった。天板の四つの角には女性器が、四本の脚の先には男性器が彫られていたのである。

女性器は各々、左右の小さな翼が広げられた形になっていた。

一つは、翼がぽってりと厚く大きく、そして、神秘の洞窟が下のほうに寄っている。

一つは、右の翼が極端に大きく、左が小さい。その先端に位置する花芽《はなめ》は、四つの器の中で一番大きい。

一つは、両側の肉の丘に隠れてしまうほど小さな翼がついている。洞窟は前方寄りだ。

一つは、ビロードのように美しく波打つ翼に、大きめの花芽が寄り添っている。

男性器は、それぞれ張りつめ、床に頭をつけ、テーブルを支えている。雄々《おお》しくそそり立つのをよしとする彼らにとっては、かなり不本意な姿勢だろう。

一本は、頭が大きく、ずんぐりと幹が太く、まっすぐで短い。

一本は、太くもないし長さも普通だが、美しく反《そ》り、均整がとれている。

一本は、先端まで包皮に被われているが、その大きさは、明らかに成人男性のもの。

一本は、細く、頭も小さいが、長さだけは充分すぎるほどで、まるで弱々しい茸《きのこ》のような印象だ。

おそらくは、このテーブルは、金のある好事家《こうずか》が職人に作らせたものだろう。大量生産にして売れるものでもなし、売れたら売れたで世を憂《うれ》えてしかるべき事態であろうし。

＊

バザールで古道具を商《あきな》っている女は、そのテーブルを前に腕組みをし、つぶやいた。

「まったくもう」

彼女にはそれが悪趣味だとしか思えなかったのだ。

テーブルを仕入れたのは、彼女ではなく、商売の相方で恋の相方でもあった男だ。

しかし、古道具屋より五歳若い男は、十日前、彼女の許から去っていった。新しい恋人を作り、逃げてしまったのだ。新しい女は、男よりも十二歳年上だった。

「あの馬鹿」

古道具屋は愚痴った。

「どうせ女と逃げるなら、このテーブルも背負って出ていけってんだ。こんな変てこなもの、どんな顔して売りゃいいんだよっ」

そして、にじんできた涙を子供のように手の甲でゴシゴシと拭ったが、すぐに、乱暴にこすっては小皺ができるかもしれないと、ちょっと心配になった。これから新しい恋をするのだ。小皺などこさえている場合ではない。

古道具屋はターバンを外した。豊かな赤茶色の髪が背中に流れ落ちた。

櫛を手に鏡をのぞき込み、髪はそのまま下ろしていたほうが似合うようだと、彼女は判断を下した。

客には商品を売り込み、いい男には自分を売り込む。明日から、そうするのだ。

容姿には自信があった。性格にはあまり自信がなかったが——様々な点で。

＊

さて。一人の奴隷がいた。

まだ、とても若い。十三歳の少女だ。明るい空色の目をしている。

彼女も三日前までは奴隷ではなく、農夫の娘だった。彼女は売られたのだ。

母はとうの昔に死んでいた。兄弟はなかった。父親は酒と賭け事で、三頭の牛と六羽の黒猫鳥と三十四の卵蛇と土地の大半を失った。売るものといえば、自分の娘しかなかったのだ。

別れの日、農夫は泣いたし、少女も泣いた。だが、農夫の心の中には「これだけ大袈《おおげ》裟《さ》に泣けば、娘に恨まれることもなかろう」という計算があったし、少女も「なんだか、わざとらしいなぁ。父ちゃんもあたしも」などと考えていた。

農夫は、無口でなにを考えているのかよくわからない娘を、あまりかわいいとは思っていなかった。すさんだ生活の中で、毎日のように娘を怒鳴りつけたし、週に一度は腹立ちまぎれに殴った。

そんなものだから、この器量よしの娘も自分が売られると聞いたときには、

（できれば、父ちゃんより優しい人に買われたいなぁ。でも、贅沢は言わない。一日に三回、おなかいっぱいごはんが食べられれば、それでいいや）

などと、のんきなことを考えていた。

あまり期待はしないことだ。そうすれば、傷つくこともない。すべて、諦めるのだ。そのうち、いいこともあるかもしれない。

そんな思想ゆえ、彼女はのんびりとした気分になろうと思い、試みにひとつ、あくびなどしてみた。効果は、そこそこだった。

そして、彼女は奴隷商人に売られたのだ。

奴隷商人は、でっぷりと全身に肉をたくわえた黒い肌の中年女だった。ふくよかな指には、指輪が何個も光っていた。

こんなに肥《こ》えた者は、この貧しい農村にはいない。少女は、珍獣でも見るような目で奴隷商人を見つめてしまったが、ジロリとにらみ返され、あわてて目をそらした。

（このおばさん、優しい人かなぁ）

少女は、奴隷商人と共に馬車に乗り込みながら、思った。優しい人なら、きっと心優しい配慮をして、優しい人に自分を売ってくれるにちがいない。

だが、少女の希望に反して、奴隷商人は優しくはなさそうだった。馬車に乗り込んで

から、彼女はやけに用心深く、少女の両足を縄で括《くく》ったのだ。

「日に焼けないように、気をつけなよ。色白のほうが、高く売れるからね。ほら、ショールを頭からかぶりな」

奴隷商人はどやしつけるように、商品たる少女に言った。やはり、あまり優しくはなさそうだ。

「返事は？」

「はい、マダム」

そうこたえるよう、少女はついさきほど、しつけられたばかりだった。

馬を巧みに操る奴隷商人の横で、巨大な尻に押しつぶされそうになりながら、少女は思った。

（この先の人生、あんまり期待できないかもしれないなぁ）

彼女は急に、心細い気分になってきた。

＊

町のバザールでは、黄色い花をつける大樹の下が、男に逃げられた古道具屋の店だった。

彼女は毎朝、馬車で商品を搬入し、夕方、売れ残った品物と売り上げ金を馬車に積み込み、帰宅するのだった。

黒い肌の奴隷商人とは知己の仲だった。お互い、一筋縄ではゆかない女と認めあっていた。古道具屋のほうが、奴隷商人よりは少々若かった。

奴隷商人は、器量よしの少年少女が手に入ると、この黄色い花をつける木の下にやって来て、古道具屋の店先を借りて商売を始めるのだった。

その日、奴隷商人が連れてきたのは、ほっそりとした妖精のような少女だった。髪は金茶、目は明るい空色。おとなしそうだったが、決して気弱なわけでも頭が足りないわけでもなさそうだった。その目は用心深くあたりの様子をうかがっていた。

「きれいで賢そうな子じゃないか」

古道具屋は、奴隷商人ではなく少女に言った。

少女は戸惑いもあらわに「ありがとうございます、マダム」とこたえた。頰にパッと朱がさして、それがまた初々《ういうい》しく愛らしかった。

「おや。まだ、このテーブルは売れてないのかい？」

奴隷商人は、一台のテーブルに目を留めた。それは、天板の四つの角に女性器が、脚に男性器が彫られた、あの奇妙なテーブルだった。

古道具屋はこたえた。

「本当に、困ってるんだよ。仕入れ値が半端じゃなかったからね。安く売り払うのも、悔しくってさ」

「そこいらの好事家に売っちまいな」

「それが、なかなか売れないのさ。いっそ、あんたが買い取っておくれよ」

「あたしはいらないよ、こんなテーブル」

「でも、あんたなら、こういうのを売りさばくのは得意だろう？　八人分もついてるからねぇ、こいつには」

古道具屋は自分の冗談に陽気な笑い声を立てた。笑ったのは、彼女だけだった。木陰の空気が、やけにひんやりと感じられた瞬間だった。

奴隷商人は、突然、手をポンと打って言った。

「ああ、そうだ。いいことを思いついたよ」

「なんだい？」

「この子とテーブルを抱き合わせで売ろうじゃないか」

「抱き合わせ？」

「そうさ。一人の好き者に、この子とテーブル、両方押しつけちまうのさ。そもそも、これだけきれいな子だ。この訳のわからないテーブルがくっついていたほうが、かえって妖しげで神秘的な印象にもなるだろう？」

「そうかねぇ」

古道具屋は考えた。すぐに買い手がつきそうな美しい少女と抱き合わせにすれば、このけったいなテーブルもなんとか捌《は》けるような気もする。

古道具屋がはっきりと意思表示をする前に、奴隷商人は少女に言った。

「さあ、服をお脱ぎ」

少女は戸惑った。この店は、大樹を屋根代わりにしただけの吹き晒《さら》しだ。当然、あたりを行き交う人々の目にも晒されている。

しかし、奴隷商人に厳しい声で「言われた通りにおし」と急《せ》かされ、少女は従うしかなかった。

奴隷商人は古道具屋をうながし、二人でテーブルを店の前に出した。その間に、少女は粗末な木綿のワンピースを脱いだ。

小さな胸を両手で隠し、下着一枚で頬を紅潮させて立っている少女を見て、奴隷商人は「全部脱ぎな」と命じようとしたが、思い直した。最後の一枚は、まだ、いいだろう。そのほうが後の楽しみもある。

「こっちに来な」

奴隷商人は少女に命じると、彼女をテーブルの上に寝かせた。そして、少女の両手首にそれぞれ縄をかけ、テーブルの脚に結びつけたのである。

哀れな少女は、小さな胸のふくらみを人目に晒され、恥ずかしさで真っ赤になった。

奴隷商人は少女の足首にも縄をかけ、同じように固定した。両手両足を広げた格好で、少女は卑猥《ひわい》な意匠のテーブルに縛りつけられたのだった。

その段階で、テーブルのまわりには、野次馬が集まっていた。老若男女、すべての者が興味津々の様子だ。バザールの人々は、この奴隷商人がいつもハッとするほど美しい少年少女をここに売りにくることを、よく知っている。

少女は、おびえきっていた。どうしようもなく恥ずかしい思いで、泣きたい気分だった。自分を売った父親を、初めて恨んだ。

人々の好奇の視線に耐えきれず、少女はギュッと目を閉じた。

(あたしのまわりには、だれもいない。だれもいないんだ)

懸命に自分に言い聞かせた。

だが、すぐに奴隷商人の厳しい叱責が飛んできた。

「目を閉じるんじゃないよ。おまえの目の色も、ちゃんとお客様方に見ていただかなくちゃだろ」

恐る恐る目を開けたとき、視界に飛び込んできたのは、奴隷商人が手にした鋏《はさみ》だった。

少女は期待した。この縄を切って、自由にしてもらえるのではないかと。

だが、そうではなかった。

奴隷商人の手は、少女の最後の一枚の下着にかかったのだった。

「マダム……お許しください……」

少女は弱々しく哀願した。

しかし、鋏は、小さな布を嚙み切った。二ヵ所を裁たれた下着は一枚の布切れと化し、奴隷商人が引っぱると少女の体を離れた。

髪と同じ色の淡い茂みに、人々は低い感嘆の声をあげた。中には好色そうな笑みを浮かべる者もいた。

少女は耐えきれず、顔をそむけたが、すぐに奴隷商人に髪をつかまれ、上を向かされた。目に涙がたまってきたが、泣かないように我慢した。ここで泣けば、さらに惨めな気分になる。

奴隷商人は、厚紙に竹ペンで価格を書いた。

テーブル（骨董品）と処女（十三歳、健康）
二万九千八百クレジット

人々はどよめいた。当時としては法外とも言える値段だったからだ。

奴隷商人は古道具屋に価格札を渡し、持ってそこに立っていろと命じた。その尊大な態度に古道具屋は納得できないものを感じたが、テーブルをさっさと売り払いたかったので、おとなしく従った。

奴隷商人は、営業用の笑顔でゆっくりと、まわりに集まった人々を見わたした。いかがですか、と。しかし、ただちにそれに応じる客はいなかった。

もちろん、奴隷商人としては、全員をひやかしで帰らせるわけにはゆかない。この中の一人に、なんとしてでも売りつけるのだ。

奴隷商人は、懐《ふところ》から小さな薬入れを取り出した。中には催痒《さいよう》性の怪しい膏薬《こうやく》が入っている。奴隷を調教し、快楽に目覚めさせるために使われるものだった。

彼女は右手の人さし指にたっぷりと薬をとった。そして、左手で、少女の脚の間の亀裂に触れた。

少女は小さな悲鳴をあげ、体を震わせた。しかし、広げられた四肢は少しも動かすことができない。

その様子に、薄笑いを浮かべる野次馬もいた。多くの者は、ますます興味をそそられたはずだった。

奴隷商人の左手の指は、小さな亀裂を広げた。それは、愛らしい花びらだった。内側は美しい薔薇色で、しっとりと濡れている。

人々は、暴かれた可憐な部分を前に、低くどよめいた。

花弁の奥に、狭い狭い洞窟の入り口があった。薬をとった指が、それを押し広げるように潜り込む。

「あっ……痛ぁっ……」

少女の唇から、悲痛な声が洩《も》れた。眉根が寄り、まぶたがギュッと閉じられている。根元まで挿入された指が、ゆっくりと引き抜かれた。もはや薬は指先に残っていない。少女の内側に塗りつけられたのだ。

少女の薄い胸は大きく上下し、青い瞳は涙で潤んでいる。おびえきっているのは、だれの目にも明らかだった。

「しばしお待ちを」

奴隷商人は人々に愛想よく言った。

変化はすぐに表われた。

「あ、ああっ……」

少女は目を見開き、身をよじらせた。手首と足首に縄が食い込む。

古道具屋は自分の役目に飽きはじめて、ひそかに客の中にいる若い男たちを物色していたのだが、少女の悲痛な声にハッとし、価格札を持ち直した。

「ああっ……痒《かゆ》いっ。マダム、もう、お許しくださいっ。ああぁっ……！」

少女は悲鳴をあげた。

そして、縄を引きちぎろうと、狂おしげに身悶《みもだ》えする。だが、彼女を苦しめているその部分は、人々の目に晒されたままだ。

少女は、内側を苛《さいな》む感覚から逃れようと、何度も何度も身をよじらせる。内側で、小さな虫がうごめいているようだ。ざわざわと。痒みは花弁のあたりまで広がっている。

「い、いや……。だれか、助けて……！」

「さあ！　この哀れな少女を助けてやろうっていう慈悲深い旦那はいらっしゃらないかい？」

奴隷商人は陽気な声をあげた。

「だれのものも受け入れたことがない部分が、痒くてしかたないと、この子は泣いている！　さあ、この子の望み通り、その部分をご自分の立派な刀で貫いて、気持ちよくしてやろうって旦那はいないものかい？　たったの二万九千八百クレジットで、この子もテーブルもあなたのものだ！　この場で貫いて、かわいい声をあげさせてやっても、大いに結構だよ」

陽気に威勢よく言いながら、手を叩き、通行中の者の注意も引く。

「さあ、早い者勝ちだよ！　旦那の素敵な刀に恋い焦がれて泣いている処女と、この優美で淫靡《いんび》なデザインのテーブルが、たったの二万九千八百クレジットだ！　こんなチャンスは二度とないよ！　どうだい、旦那方？　あなたの刀は鞘をほしがってないかい？」

当然、お集まりの旦那方の刀は鞘をほしがっていた。中には、切なさに先端から涙をにじませているものもあった。

だが、懐がそれを欲しているかという問題になると、なかなか難しいようだった。その価格には、立派な刀だけでは太刀打ちできない。

古道具屋が、頬を上気させている男たちに色目を遣いはじめた。

それに気づいた奴隷商人はひそかに憤慨した。あんたにあてがう男を見つけてやるために人を集めてるわけじゃないんだ！

そのとき、涼風が木陰の店を駆け抜けた。と同時に、一人の女が前に進み出た。涼しげな目と波打つ長い黒髪が、美しい。女性としては、かなり背が高いほうだろう。

「買います」

黒髪の女は奴隷商人の顔も見ずにそっけなく言った。少しかすれた、憂いを感じさせる甘い声だった。

女は少女をじっと見つめた。

その黒い瞳はすべてを見透かすようだった。頬骨の高い美しい輪郭は、自尊心の強さを感じさせた。彼女の崇拝者なら、いくらでもいることだろう。

「助けてください」

少女は、べそをかきながら女に言った。額には汗がにじんでいる。

無言のまま、女は、すらりと長い人さし指を、少女の花弁の前にさし出した。

「ああ……」

少女は懸命に、その指におのれの花弁をこすりつけようと腰を動かしたが、あと少しというところで届かない。

「お、お慈悲でございますっ。どうか、あなた様の指を……!」

少女は、絞り出すような声で哀願した。

女は眉ひとつ動かさなかった。まるで少女の声など耳に届いてないかのようだった。

あるいは、非情なほどの無関心にも見えた。

しかし、その指は——。

「あっ、あ、あーっ!」

少女が悩ましい声をあげた。

痒くてたまらぬ部分に指が降り立ち、刺激を加えはじめたのだ。

まるで、おねだりをするように、少女は腰を上げる。

指は、少女の幼い花を乱した。人さし指と中指と薬指が、二枚の花弁をはさみ込み、上下に動く。

「ああーっ!」

少女の唇からは、さらに高い歓喜の声があがる。

痒みが心地よい刺激に変化した。その部分が熱い。ドクドクと脈打っている。

衆人環視の中で、少女は、女の変化を生まれて初めて味わっているのだった。

（ああっ。いやっ。恥ずかしい……）

しかし、その快い刺激は失いたくなかった。指が遠ざかったとき、再び自分は地獄に引き戻されることだろう。

空色の目から涙がこぼれ落ちた。苦痛と快楽の果ての涙だった。

「はっ……あんっ……」

小さな花から、トロリと蜜があふれ出た。愛らしい乳首は、硬くしこっている。

（いやっ。こんなに大勢の人の前で……）

だが、少女は、おのれの内でうねる熱情を鎮《しず》めることはできなかった。

指はまだ、最も痒みの激しい洞窟の中には、入ってきてくれない。

少女は恥辱に頬を染めながらも、女に言った。

「どうか……内側も……」

女は無表情のまま、指を潜らせた。

「あああ、あーっ……」

少女は歓喜の涙を流し、のけぞった。

内側で這いずりまわっていた憎らしい痒みの虫たちを、指が蹴散らしている。虫たちは、甘い快感へと変化し、肉の内へと沈み込む。

洞窟の中を指は優しくこすりあげ、外側では花弁の形が変わるほどの刺激を続ける。

(ああ、気持ちいい。恥ずかしい。許して。やめないで！　ああ、もっと……。もう、許して。どうか、もっと、もっと……！)

少女の心は、苦痛と快楽と恥辱とで、千々《ちぢ》に乱れていた。なのに腰は、彼女の意思に反して確実な動きを見せている。

(いやっ。こんなこと、したくない。だれか、止めて。いや、止めないでぇ……！)

花弁の前方にある、小さな快楽の種子が、ほんのりと芽吹いていた。

女の親指は、そこをキュッと押した。

「あんっ！」

その全身を貫くような鋭い快感に、少女は悲鳴をあげた。親指でその種子を執拗に転がされ、彼女はさらに陶然とした表情で淫《みだ》らな声をあげる。

「あっ。んっ……あ、あんっ……」

押し寄せる激しい快感に、少女は茫然自失していた。

幼い全身をそらし、縛りつけられた四肢をヒクヒクと痙攣させ、その空色の目で宙を見据える。

人々の視線など、もはや意識していなかった。頭の中を占めているのは、おのれの熱く濡れた部分と、彼女の主人となった女の優雅で淫靡な指だけだった。

＊

少女を買った女は、学者だった。

お屋敷と呼ぶほどでもないが美しい木造の三階建の家に、一人で暮らしていた。

女主人が研究しているのは、地球時代の文学だった。専用の図書室があるうえに、書斎に林立する本棚にも書物がぎっしりと詰め込まれ、そこからはみ出した文献は室内の至るところに山と積まれていた。

家には、女主人の弟子や親交のある学者、出版社や新聞社の人間が出入りしていた。時には、学生時代の友人も遊びに来た。

それらの人々の中には、女主人の恋人らしき者はいなかった。不思議なことに女主人は、異性にも同性にも興味はないように見えた。

少女は家事をまかされた。炊事、洗濯、掃除、裁縫、庭の手入れ。

元々、働き者だった少女は、それらを一通りこなすことができた。

女主人は、暴君ではなかった。物静かな性格だった。あまりにも穏やかで、かえって少女に対して無関心にも見えた。

学者ゆえ学問以外のことには執着がないのだろうか、と少女は思った。

その一方で、彼女はひそかに期待していた。夜、女主人の寝室に呼ばれることを。そして、あの指にかわいがられることを。あるいは反対に、ご奉仕を命じられることを。

なのに、何事もないまま、一ヵ月が過ぎた。

ある夜、彼女は、与えられた小部屋の清潔なベッドの上で、自分の寝間着《ねまき》の裾をまくり、下着を下ろし、手をさし入れた。

指を花びらに優しく這わすと、じんわりと快感が広がった。ふいに衝動に駆られ、彼女は指で激しく刺激しはじめた。

「あっ。あっ……」

自然と声が洩れる。少女はうつぶせになり、枕に口を押しつけ、声を封じた。

たちまち、内側から蜜があふれ出てきた。指が内に潜り込む。異物感が少女の胸を切なく締めつけた。

――貫かれたい！　あの人の指に！

もう片方の手で、前方の小さな種子をつまんだ。全身に、電流のような快感が走った。

少女は、枕に口を押しつけたまま、尻を突きあげた。

(ああ、この指が、あたしのものじゃなくて、ご主人様の指であったなら！)

あられもない格好で、少女は両手で自分の敏感な部分を愛しながら、涙をこぼした。

（どうか、あたしの体に触れてください。ご主人様……）

涙は枕を濡らし、蜜はシーツを濡らす。

この夜、少女は決意した。自分から主人の寝室を訪れよう、と。

少女の部屋は一階に、女主人の寝室は二階にあった。少女は部屋を抜け出し、階段をのぼった。

木のドアをノックしようと、少女は小さな拳を固めたが、その手は宙に止まった。ドアの隙間からわずかに洩れる室内の光、そして――。

「あ……んっ……はあっ……」

悩ましいあえぎ声だった。女主人の声にちがいなかった。

少女は衝撃を受けた。

（ご主人様に房事のお相手が……？）

しかし、次の瞬間、少女は考えた。

（それとも、ご主人様もご自分をお慰めして？）

音をさせぬよう、注意深くノブを回し、わずかにドアを開ける。その隙間に、少女は顔を寄せた。

（ああっ！　ご主人様、なんという……！）

少女は驚きのあまり、思わず声をあげそうになった。

彼女が目にしたのは、堂々たる女体の悩ましいうねりだった。

部屋の中、一糸まとわぬ姿の女主人は、テーブルに両手をつき、その角に秘部をこすりつけていたのだ。

それは、あのテーブル――四人分の女性器と、四人分の男性器を持ち、少女と抱き合わせで売られた骨董品だった。

女主人は、天板の角に彫られた女性器のひとつと、交わっているのだった。

陶然とした表情で目を閉じ、顔をのけぞらせたまま、脚を広げて全身を揺らす。彼女は、女性の部分の快楽に全神経を集中させているようだった。

少女は、女主人の横顔を見つめていた。一度たりとも少女には見せたことがない、凄《せい》艶《えん》な表情だった。いつもの冷静な女学者の顔は、そこにはなかった。

唇からは、悩ましい声が洩れる。

「はあ……んあっ……ああっ……」

果実のような胸が揺れる。額にはうっすらと汗が浮いている。

それを見ている少女の小さな花びらもふたたび、しっとりと濡れはじめていた。

女主人は、テーブルの角から身を離した。左右の翼が非対称の女性器だった。木の女性器は濡れて光沢を放っていた。それは、ツッと透明な蜜が、糸を引いた。

女主人は、その隣の角の女性器に身を押しつけると、また、体を動かしはじめた。今度の女性器は、ぽってりと厚く大きな翼を持ったものだ。

ドアの陰の少女からは、形のよい尻が上下左右に揺れるのがよく見えた。まさに欲望に突き動かされた獣の動きだった。

存分にテーブルの女性器を味わった女主人は、次に、テーブルを逆さにした。個性豊かな四本の男性器が、そそり立った。

女主人が選んだのは、頭でっかちでずんぐりと太い愛敬《あいきょう》のある一本だった。

女主人は腰を落とす。木の陽根は、内に呑み込まれる。

「お……うっ……」

女主人は満足そうにため息をついた。

彼女は、腰を動かしはじめた。時々、粘膜と粘液が木にこすれる淫猥《いんわい》な音がした。両手で乳房をつかみ、乱暴に揉みしだき、そして、指の間に乳首をはさみ、こするように刺激する。

「う……んっ……あっ、あっ……」

豊かな黒髪が揺れる。汗が飛び散る。

(ああ、ご主人様！)

少女もまた、寝間着の上から自分の小さな胸を揉みしだき、手を下着にさし入れ、自分を慰めた。

だが、彼女の心に喜びはなかった。

(ご主人様は、あたしがほしかったわけじゃなかったんだ)

女主人は特異な嗜好の持ち主だったのだ。

少女は、獣のようにしなやかな動きを見せる女主人を見つめ、心で語りかけた。

(ああ……あなた様が手に入れたかったのは、そのテーブルだったのですね。そして、あたしは単なるおまけ……)

薔薇色の頬を涙が伝った。

(あたしはテーブルにご主人様を取られた！ あたしはテーブル以下なんだ！)

頭が朦朧《もうろう》とした。テーブルに対する嫉妬で、視界が赤く染まりそうだった。

泣き声と快楽ゆえのあえぎを封じようと、少女は唇を嚙んだ。白い歯が柔らかな皮膚に傷をつけ、うっすらと血がにじんだ。

＊

昼間、少女は雑貨屋で小さな斧を手に入れた。女主人は留守だった。

少女は斧を手に、女主人の寝室に向かった。

あのテーブルさえなければ——その思いが少女を大胆で短慮な行動に走らせた。

ドアを開け、寝室に足を踏み入れた。部屋の中央に、テーブルは静かにたたずんでいる。

　少女はかよわい手に斧を持ち、ゆっくりと近づいていった。

　斧を持ち変え、柄を両手でしっかと握った。殺意と共に、少女は斧を振りあげた。

　そのとき、何者かに、その腕をつかまれた。少女はビクリと身をこわばらせた。

「なぜ、こんなことを？」

　ちょっとかすれた深みのある声が、耳許でささやくように言った。女主人だった。いつの間に帰宅していたのか。

「あ……」

　少女はへなへなと床に膝をついた。初めて自分の罪の重さを意識し、全身から血の気が引いていった。

　床に両手をつき、額をこすりつけるようにし、少女は震え声で謝罪した。

「も、申し訳ございません！」

「一体、なぜ、こんなことを？」

　落ち着きはらった声が、ふたたび問うた。

「あ、あたし、このテーブルに嫉妬していたのです。実は、先日、ご主人様がこのテーブルでご自分をお慰めしているのを、見てしまって……」

　盗み見していたことまで白状してしまい、少女は泣きそうな声でつけ加えた。

「申し訳ございません。見るつもりはなかったのです」

涙がにじんできた。嗚咽《おえつ》が洩れる。少女は続けた。

「あたし、あのバザールでしていただいたように、ご主人様の指にかわいがっていただきたくて……。ご主人様をテーブルから取り返したい一心で、こんな、恐ろしいことを……」

「服を脱ぎなさい。わたしが戻ってくる前に、全部」

それだけ告げると、女主人は斧を手に、出ていった。怒っているふうでも、悲しんでいるふうでもなかった。ただただ、静かな湖面のように穏やかに見えた。

逃げることも逆らうこともできない。少女は震える手でブラウスのボタンを外し、スカートのジッパーを下ろし、脱いだ服は床の上にきちんとたたんだ。やや躊躇《ちゅうちょ》してから、白い木綿のスリップと、最後の一枚も脱ぎ、服の上に重ねた。

茶色がかった金色の美しい髪が、肩と背中をくすぐる。

白い肌が粟立つ。寒さゆえではなかった。

少女は膝を立てて座り、小さな胸と幼い女の部分を隠した。

涙は止まったが、震えは続いていた。これから自分はどんな罰を受けるのか……。

女主人が戻ってきた。手には縄を持っている。少女は震えあがった。

無言のまま、なんの躊躇も見せず、女主人は少女に縄をかけた。

まず、幼い胸の上下に縄が走った。両手首は後ろで縛られ、背中に括りつけられた。女主人は、小さな丸い薬入れをポケットから取り出した。中には軟膏《なんこう》が入っていた。少女はそれが、バザールでテーブルに縛りつけられたときに股間に塗り込まれたものだと覚《さと》った。

彼女は許しを乞うように、女主人を見あげた。

だが、女主人は眉ひとつ動かさず、それをたっぷりと指先にとると、少女の小さな襞《ひだ》の間に塗った。指が内側に潜り込んできたとき、少女は痛みを感じ、小さくうめいた。あれだけ恋い焦がれていた指だったが、それは愛撫もされずに入れられると、鈍い痛みを伴う異物でしかなかった。

女主人は、少女の両脚を縄できつく括った。腿と足首の二ヵ所を。

少女は女主人の意図を知った。すぐに訪れるであろう激しい痒みが、罰なのだ。恐怖が全身を襲った。

次に女主人はハンカチを丸め、少女の口に無理やり押し込んだ。乾いた布の舌触りに、少女は眉をしかめた。女主人はもう一枚のハンカチを少女に嚙ませ、後ろで縛った。

少女を床に転がしたまま、女主人はそこを離れた。戸棚から酒とグラスを取り出すと、ゆったりと椅子に座る。

その頃には、少女の柔らかい部分は、痒みに苛まれつつあった。

バザールでいやというほど味わったあの恐ろしい感覚が戻ってきたのだ。小さな小さな無数の虫が、花びらを咬み、内側を這っているかのようだった。

「ううーっ！」

たまらぬ痒みに、少女はもがいた。手首を左右に引き、腕を開こうとした。脚を動かし、縄を引きちぎろうとした。しかし、すべて無駄に終わったばかりか、ますます結び目を固くしただけだった。

「う……くぅ……」

痒みはますます増してゆく。額に汗がにじんできた。

引っ掻きたいその部分に手は届かず、足を動かすこともできない。ただ、芋虫のように無様《ぶざま》に転がっているだけだ。

それでも、痒みは少女の体を突き動かした。緊縛されたまま、少女は床の上をのたうちまわった。顔をのけぞらせ、全身をくねらせ、時には、物欲しげに尻を高く突き出した。

猿轡《さるぐつわ》を嚙まされているため、女主人に謝罪することも許しを乞うことも助けを求めることもできない。

（どうか、もう、許して……。痒い、痒い、痒い……！）

少女はすがりつくような目で女主人を見た。

女主人は、革張りの椅子にゆったりと腰かけ、グラスを手にしていた。琥珀《こはく》色した蒸留酒を味わいながら、少女の狂態を冷たい目で観察していた。

「うっ。う……くっ……」

少女はくぐもった泣き声をあげた。あまりにも惨めだった。全身を淫らにくねらせる醜悪な蚯蚓《みみず》になった気分だった。涙が頰を伝った。

指が、ほしかった。女主人のほっそりと長いきれいな指で、小さな花びらと秘められた洞窟の内側を、血が出るほど激しく引っ搔いてほしかった。

(どうか……どうか、あなた様の指を……!)

激しい痒みに気が遠くなりながらも、少女は狂おしく願った。

(もう、なんでもいたします。だから、どうか、指を……)

痒みは増してゆく一方だ。さんざん苦しみもがいたため、少女の柔らかな肌は縄でこすれ、うっすらと血がにじんでいた。

いっそ、舌を嚙み切って自殺したほうが楽かと思われたが、布をきつく嚙まされた彼女は、死を選ぶことすらできなかった。今の彼女には、なにも選ぶことはできなかった。ただただ、与えられる苦痛を受け入れるだけだった。

どれほどの時間が経ったことだろう。少女には永遠に感じられる時が過ぎたとき、女主人が立ちあがった。

もう、床を転がる力も失せ、全身を痙攣させるだけだった少女は、狂おしいほどの希望と共に、女主人に目でとりすがった。

猿轡が外された。口中の布も取ってもらえた。

「どうか……お許しくださいっ……。もう、二度といたしません。だから、どうか……！」

言い終えた少女の口からは、嗚咽が洩れた。

女主人は、少女の腿に食い込んでいた縄を鋏で切った。

「痒い？」

優しい口調で訊いた女主人に、少女は泣きながらこたえる。

「もう、耐えられません……」

「なら、あの美しいテーブルでその痒みを癒しなさい」

足首の縛めも、鋏で断ち切られた。だが、手は自由にしてもらえなかった。

少女は立ちあがった。一度、ふらついた。脚をもつれさせながら、もどかしい思いで、あのテーブルに駆け寄る。

角に彫られた女性器に、少女は自分のものを押しつけた。

「ああーっ！」

あまりにも快い刺激に、少女は歓喜の声をあげた。その彫刻に接した部分だけは、痒みが癒される。熱く火照《ほて》り、痒みに焦《じ》らされる柔らかい皮膚を、木の冷たさが優しくなだめる。

貪欲《どんよく》に、さらなる刺激を求め、腰が動く。飢えた獣のような、淫らな動きだった。女主人がおのれを慰めていたときよりも、さらに激しい動きだった。

「あ……あんっ。あっ……あっ……」

腰の動きと一緒に、少女は鳴き声をあげる。色白の頬は羞恥《しゅうち》に染まり、涙が伝っていたが、自分ではこの反応をどうすることもできなかった。

激しくこすられる少女の花から、蜜がとろりと湧き出し、太股《ふともも》の内側を濡らした。

「奥のほうも、痒いでしょう?」

女主人の問いに、少女は腰を動かしながら、うなずいた。

「なら、こちらをお使いなさい」

女主人は、テーブルをひっくり返した。四本の陽根が、そそり立った。

少女は、その中の一番細いものを選び、跨《また が》ろうとした。しかし、それは彼女にとっては少々高い位置にあった。

少女は必死の思いで爪先立ちになり、それに跨った。

「あっ。ああっ……」

木の男性器は、少女の内側に沈み込んでゆく。

「い、痛ぁ……」

少女は泣き声をあげた。が、腰は自然と上下に動いていた。

「あっ。あっ……あっ……」

すぐに、声には甘い響きが加わった。

「そう。そうよ。上手ね」

初めて、女主人は少女に優しい言葉をかけた。

そして、背後にまわると、緊縛された少女の上半身を抱きしめた。

女主人の黒髪は、少女の金茶の髪と交わり、少女の肩や胸をくすぐった。

美しい大人の女の手が、少女の小さな胸をつかみ、ゆっくりと揉みしだいた。

「ああっ……ご主人様っ……」

切なげな声をあげた少女の耳許で、女主人はささやく。

「気持ちいいでしょう？」

「はい……とっても……」

テーブルの脚に貫かれたまま、少女はあえぎながらこたえる。

「おまえも、このテーブルが好き？」

「はい、ご主人様」

少女は、心からこたえた。

「よかった。このテーブルも、きっと、おまえのことを好きになっていてよ」

女主人は、少女の前方にある感じやすい小さな種子を指で押した。

「ああっ！」

少女はのけぞった。

彼女の可憐な唇を、女主人は唇でふさいだ。少女にとっては、初めての口づけだった。

そして、その後、二人と一台は甘い生活を送った。テーブルに彫られた美しい性器たちは、幾度も幾度も、二人の熱い蜜に濡れたのであった。

「テーブル物語（一）」了

＊　＊　＊

客は、そのテーブルの物語を読み終えた。いかにも金のありそうな、本物の絹のワンピースを着た女だった。

彼女はうっすらと微笑みながら、古道具屋の女にプリントアウトを返した。

「いかがですか？　このテーブルには、なかなか興味深い過去がございましょう？」

古道具屋は言った。

彼女の横には、テーブルがあった。天板の四つの角に女性器が、脚の先に男性器が彫刻されたテーブルだった。

広いとは言いがたい店内は、素材がなんであれ一様に黒ずんだ古道具であふれかえっている。空気はやけに埃っぽい。店自体もかなり古い木造の建物だ。

窓の外を、エア・カーが走っていった。粗末な服を着た近所の餓鬼どもが、珍しさに歓声をあげながら追いかける。

古道具屋は、説明を続けた。

「このテーブルは、過去を記憶しているのです。表面に浮き出ているのは、単なる木目ではございません。この木目に、過去、このテーブルがどんな扱いを受けたかが、刻まれているのですよ。物語の形で。木目の幅やカーブの具合や、色——すべてが、ある特殊な装置によって、文字に変換することができるのです。物語は、全部で十編。どれも、エロティックな話ばかりです。美女二人と美青年二人が、テーブルの脚で秘密の遊びをする話、遊び人の夫と貞淑な妻がテーブルを巡って争う話、残酷な領主が美しく優秀な学生を脅してテーブルと交わらせる話……おっと。全部話してしまっては、お客様のお楽しみがなくなってしまいますね」

客は、価格が書かれたプレートを見ながら、言った。

「十九万六千八百クレジット……ちょっと負けていただきたいところね」

「そうですね……このテーブルは、なかなか貴重なお品ですが……」

考え込むふりをしてから、古道具屋は言った。

「えいっ。大負けに負けて、十九万五千クレジット！　いかがでしょう？　これ以上は、どうかご勘弁を」

「買ったわ」

気取った声で、女は言った。

実のところ、それは法外とも言える価格だった。その女は、新市街に住む金持ちの好事家だったのだ。

テーブルを届けさせるために、彼女は名刺を古道具屋に渡した。

満面の笑みをたたえ、古道具屋は店の外に出て客を見送った。

「ありがとうございました」

古道具屋が店内に戻ると、店の奥から金髪の女が一人、顔を出した。

線の細い、いかにもはかなげな風情《ふぜい》の女だ。中身はどうであれ。

「あなたも、悪い人ねぇ。善良なお客さんをだましたりして」

「うるさい。おまえはおとなしく、卑猥な小説を書いてりゃいいんだ」

古道具屋は、乱暴に言い放った。

金髪の女は、売れない小説家だった。

彼女は、旧友である古道具屋から、この店の二階の一室を間借りして暮らしていたのだが、結局、部屋代が払えなくなり、こんな商売をしているのだった。つまり、くだらぬ商品にまつわるエロティックな物語をでっちあげ、商品に付加価値をつけて、高く売り飛ばす、という作戦に荷担しているのである。端的に言えば、詐欺の片棒だ。

「ほら、今度は、この張形《はりがた》についてエロ話をひねり出しなっ。こんなに簡単な仕事はないだろう?」

古道具屋は、箱から木彫りの陽根を取り出し、小説家に突きつけた。

彼女はそれを受け取りながら、言った。

「もう、わたし、エロティックなお話は飽きちゃったわ」

「なら、さっさと家賃を払いなっ!」

厳しい口調で古道具屋に言われ、売れない小説家は店の奥の部屋に引っ込んだ。

追い打ちをかけるように、古道具屋は怒鳴りつけた。

「それから、登場人物に、あたしそっくりの女を出すのは、やめとくれっ!」

「登場人物?」

奥から、声だけが応じる。

「とぼけるんじゃないよっ! あのテーブルと交わる女主人は、あたしだろうがっ!」

確かに、古道具屋の容姿は、あの物語に登場する女主人にそっくりだった。長く伸ばした波打つ黒髪、長身、涼しげな目、ちょっとかすれ気味の甘い声——。

そんな友に、金髪の小説家はふたたび顔を出して、言った。

「物語の古道具屋も、あなたの性格と境遇がモデルよ。わかってるでしょ？」

実は、この古道具屋もまた、年下の男に逃げられていたのだった。

「おまえ、あたしに殺されたいのかいっ？」

「とんでもない。わたしは、あなたを記録に残したいだけ。だって、あなたのことが、とっても好きなんだもの。海の底より深く愛しているんだもの」

「あたしにはそういう趣味はないんだよっ！　前から言ってるだろっ？」

古道具屋は声を張りあげた。

同性愛者の小説家は首をすくめて奥に引っ込んだが、うっとりとした声でつけ加えた。

「あなたに邪険にされればされるほど、燃えてしまうの、わたし」

実はこの小説家には被虐《ひぎゃく》趣味もあったのだ。

「あなたって、わたしを怒鳴りつけるときには、本当にいい声出すのよねぇ。ゾクゾクしてしまうわ」

「本当に、おまえ、あたしに殺されたいんじゃないのかいっ？」

古道具屋は怒気を含んだ声で言ってから、気づいた。これでは、相手をますます喜ばせるだけだ。

「この張形、使っちゃおうかしら」

奥の部屋で、小説家が言った。挑発しているのだ。

気を鎮めようと、古道具屋は大きく深呼吸し、無視を決め込んだ。

「もしかしたら、これ、あなたも使ったのかしら？　だったら、わたし、ますますそそられてしまうわ。だって、これがあなたの内側に触れたかと想像すると、わたしの内側も自然と反応してしまって……ああ……」

「馬鹿！　使うわけないだろっ！　それは商品だっ！　おまえも使ったりしたら承知しないからなっ！」

古道具屋は思わず怒鳴っていた。

彼女には、わかっていた。同性愛者で被虐趣味がある友には、実は加虐趣味まであるのだ。取り乱す自分を見て、サディスティックな快感をおぼえているのは間違いない。

本当は、こいつ相手に動揺してはいけないのだ。

「ああ、やっぱり、わたし、使ってみたいわ。だけど、このサイズはわたしには大きすぎるでしょうね。だって、ほら、わたし、女の人の指しか受け入れたことがないから……。いくらなんでも大きすぎるわ、これでは」

そんなことは、だれも訊いてはいない——と、言ってやりたいのをこらえ、古道具屋は小説家を無視した。

「でも、つくづく興味がそそられるわ、この形。殿方って、本当に、変なものを持っているわよねぇ」

そして彼女は、うふふ、と笑った。

「…………」

無視だ。ここは、無視だ。耐えるのだ。

「あなたは、指よりもこういうものがお好きなのよね。もちろん、本物の男性の」

……耐えるのだ。たとえ世界が破滅しても。

「快感にあえぐあなたを想像しながら、これを使ってみたら、どんなに楽しいことかしらね。なんだか、ちょっとぐらいサイズが大きくてもいいような気がしてきたわ、わたし」

「やめろぉっ！」

古道具屋は思わず怒鳴っていた。

相手の思う壺だとわかっていたのだが、もはや抑えることはできなかった。そして、彼女はますます友に愛される。そんな図式だ。

二人の関係は、たとえれば……そう。愛の永久機関であった。

エロティックなテーブルの物語が生み出された背景には、実はこんな現実があったのだった。

エロチカ79

一九七九年、秋。

大平総理大臣がしきりに「アーウー」を繰り返していた時代、巷《ちまた》では「3年B組金八先生」なる学園ドラマが人々の心をわしづかみにしていた。

金曜夜八時から始まるから「金八」。この面妖なネーミングの人気者を演じていたのは、真ん中分けの長髪がトレードマークの武田鉄矢である。

ヒューマニズムにあふれる生徒思いの熱血教師に、ブラウン管の前の人々はそろいもそろって感動の嵐に包まれた。

金八先生みたいな先生が理想——当時の中学生は口をそろえて言ったものだ。

だが、現実においては、少年少女たちは荒れゆくばかり。それはまさに、校内暴力時代の幕開けであった……。

第一話　女子中学生、縄の疼《うず》き

不良少女――それが、池本麻里亜《いけもとまりあ》の非公式の肩書きである。

公式の肩書きは中学生。「学校も先公もクソくらえ」としか思っていない中学三年生だ。

脱色パーマに、唇には口紅。セーラー服の丈を短くし、反対に、プリーツスカートはふくらはぎを隠すほどに長い。臙脂《えんじ》色のスカーフは思い切りふくらませ、先を小さく結んでいる。そして、黒ストッキングに、エナメル靴。

彼女は個性を尊重しない学校教育に抗《あらが》いながらも、没個性としか言いようのない典型的な不良ファッションに身を包んでいた。

ただし、すらりとした長身に華やかな顔立ちは、なかなか人目を惹くものではあった。生徒の間では、ドラマ「3年B組金八先生」で不良少女を演じている三原順子（後の三原じゅん子）そっくりだと噂されているが、本人の耳には入っていない。

（ああ、かったりぃー）

渡り廊下の陰に隠れるようにしゃがみ込み、麻里亜は心でつぶやいた。

(朝から授業フケてても、ヒマでしょうがねえや。喫茶店でインベーダー・ゲームでもやるか)

　ポケットを探り、財布を取り出し、中身を確かめる。

　百円玉が三枚と、十円玉が四枚と、五円玉と一円玉。これでは、コーヒー一杯でおしまいだ。せめてあと五百円札一枚でも入っていればよかったのだが。

　麻里亜は舌打ちした。

「しけてやがるぜ」

　家族は、パート勤めの母と小学生の妹。つまり、裕福だとは言いがたい母子家庭。彼女の家庭は「中流」ですらなかった。

　しかも、妹が三ヵ月前に交通事故で入院し、母はパートに出られない日が続いた。若い麻里亜にとって、おのれの人生は不運続きだったのである。

(しかたねえ。カツアゲでもするか)

　麻里亜は立ちあがった。

　すると、いかなる神の思《おぼ》し召しか、ちょうどそこに、おあつらえ向きのカモが現われたのである。小柄で華奢《きゃしゃ》な女生徒だ。上履きの色からすると、二年生のようだ。

　遅刻してしまったのか、学生鞄を手に、渡り廊下を小走りにやって来る。

　パッチリとした目に薔薇色の頰の、愛らしい少女である。なんの変哲もないおさげ髪と清楚な白い三つ折りソックスが、かえってエロティックだ。

麻里亜は知らなかったが、彼女こそは、学校一の美少女と呼ばれる生徒であった。

「ちょっと、そこのあんた」

「は、はい？」

麻里亜に声をかけられ、少女は立ち止まった。

胸の名札には「花村美奈《はなむらみな》」とある。

「ちょっと、顔貸してくれないかい？」

「で、でも、あたし、早く教室に──」

口ごもる美奈を威嚇するように顔を近づけ、麻里亜は言った。

「ちょっとだけだよ。いいだろ？　減るもんじゃなし。なあ？」

美奈はおびえたように身を縮ませ、あいまいにうなずいた。

麻里亜は文句があるかと言わんばかりに乱暴に美奈の腕をつかみ、渡り廊下から地面の上に踏み出した。

一瞬、美奈は上履きを気にするようなそぶりを見せたが、麻里亜はかまわず、そのまま彼女を引きずっていった。

体育館の裏には、古ぼけた体育用具倉庫がある。

まわりに人がいないことを確認し、中に美奈を引っぱり込むと、戸を閉めた。

美奈はおびえきっていた。鞄を胸に抱いたままうつむき、小刻みに震えている。

そんな彼女の顔をのぞき込むようにしながら、麻里亜は言った。

「あのさぁ。今、あたし、金に困ってるんだよねぇ。ほんの千円ぐらいでいいから、カンパしてくれないかなぁ？」

美奈は顔を上げた。大きな瞳は潤んでいる。

花びらのような可憐な唇が、震えながら開いた。

「許してください……」

「あー？」

麻里亜は大袈裟《おおげさ》に眉をひそめて相手を威嚇した。

「話の通じないお嬢ちゃんだねぇ。この先輩にカンパしろって言ってるんだよ。わからないのかい？」

しかし、美奈はおびえた表情で麻里亜を見つめ、訴えるだけである。

「どうか、それだけは堪忍してください。後生《ごしょう》ですから……」

澄んだ瞳に、涙が盛りあがる。

「おい。ふざけるのも、いいかげんにしなっ。泣いて頭下げればあたしが満足するとでも思ってるのかいっ？」

と、そのとき。

突然、背後でガラガラと重い戸が開く音がし、続いて、凛《りん》とした声が響きわたったのである。

「やめないか、麻里亜君！　美奈君は『後生ですから』と言ってるだろう！」

ハッと振り返った麻里亜の目に映ったのは、きりりとした端正な顔立ちの少女——生徒会長の山崎智子《やまざきともこ》だった。

校則通りのショートカットに、一点の乱れもない制服姿。ふくらんだ学生鞄は、彼女の秀才ぶりを物語っている。

智子は、落ち着いた動作で戸を閉め、麻里亜に向き直った。

麻里亜は内心、戸惑っていた。実は彼女は、智子が大の苦手だったのだ。

理由は非常に単純だ。麻里亜が敬愛する大スター山口百恵に智子がそっくりだという、ただそれだけのことである。

山口百恵の生い立ちは、麻里亜の心を大いに揺さぶるものだった。愛人の子、会うことも許されぬ父、母と妹との横須賀での貧しい生活——女性週刊誌を読みながら、麻里亜は百恵の横須賀ストーリーをわが身に重ね、涙したものであった。

しかし、目の前にいるのは、あこがれの山口百恵ではない。いい子ちゃんの生徒会長さん——つまり、自分の敵である。

そう再認識し、麻里亜はいつもの調子を取り戻した。ふてぶてしい動作で一歩前に出ると、斜に構え、智子に言ってやる。

「あー？　なんだぁー？　だれかと思ったら、生徒会長さんかぁ」

「そうだ」

百恵によく似たちょっと低めの落ち着いた声で、智子は言った。あまりにも素敵だった。

麻里亜は内心では動揺しながらも、智子にさらに言ってやる。

「いい子ちゃんは先公におべっか使ってガリ勉やってりゃ、いいんだよっ。ケガしたくなけりゃ、引っ込んでなっ！」

しかし、智子はひるまなかった。それどころか、堂々と言ったのである。

「いいかい、麻里亜君。美奈君は『後生ですから』と言ってるんだっ。となれば、古来の作法にのっとって、それに見合う対応をするのが、淫靡《いんび》なセーラー服姿の女子中学生の心意気というものではないのかっ？」

「い、淫靡なセーラー服姿だとぉ……？」

予期せぬ台詞《せりふ》に、麻里亜は面食らい、絶句した。

すると、智子はさもわかったというようにフッとニヒルに笑ったのである。

「そうか。麻里亜君、きみは『後生ですから』のルールを知らないんだなっ？」

つい智子の気迫に圧《お》されてしまい、麻里亜は訊き返す。

「な、なんだよ、そのルールとかっていうやつは？」

「いいかい、麻里亜君。今時の女子中学生が『後生ですから』なんていう古めかしい台詞を吐くと思うかい？」

「あ、あたしも、それ、変だと思ったけど……」

相手のペースに呑まれつつある麻里亜に、智子は宣言する。

「そう。『後生ですから』は禁断の扉を開く合言葉なのだ！」

「禁断の扉だとぉ？」

「そうだ。わたしが手本を見せてあげよう！」

そして、智子は美奈のほうへ向き直ると、打って変わった不良っぽい口調で言ったのである。

「おい。悪いけどさぁ、ちょっと、あたしにお小遣いくれないかい？」

「ああ……後生ですから、堪忍してください。それだけは……」

「へっ。金が出せないっていうのなら、体で払ってもらうだけのことだ」

「ああっ……そんなっ……」

美奈は身も世もないといった様子で、体操マットの上に膝をついた。

智子はふくみ笑いをしつつ、美奈の横にしゃがみ込むと、片手で彼女の顎を上げさせ、値踏みするように見ながら言ってのける。

「ふっふっふ。恨むなら、多額の借金を残して死んでいったあんたの親父さんを恨むこったな」

「おいっ！　いつから、そんなけったいな設定になったんだよっ？」

麻里亜は仰天し、思わず激しくツッコミを入れていた。

しかし、美奈はかまわず泣きじゃくり、場を盛りあげる。

「ああ……どうか……どうか、堪忍して！」

「ふふふ。嬢ちゃん、もう、観念するこったな。借金を肩代わりしてほしけりゃ、素直に自分で服を脱ぐことだ。無理やり脱がされるのは、いやだろう？　おじさんは、こう見えても紳士なんだよ」

「お、おまえ、いつから『おじさん』になったんだよっ？」

「うるさい人だな。単なるロール・プレイだよ。まあ、きみが気に入らないなら、素直にレズビアン・プレイにするよ」

憮然とした声で宣言してから、智子は美しい声で美奈に言う。

「ふふふ。美奈ちゃん、わたくし、前からあなたを気に入っていたの。今日はたっぷりかわいがってさしあげてよ」

「ああっ。お姉様……」

と、恥じらいの表情を見せる美奈。

智子は慈《いつく》しむような動作で美奈のセーラー服を脱がし、プリーツスカートのホックを外した。

ひかえめなレースのついた白いスリップが愛らしい。

美奈は頬を染め、ほっそりとした腕で自分の両肩を抱くと、消え入るような声で言った。

「お姉様、あたし、恥ずかしい……」

「ふふふ。かわいい子ね。怖がることはなくってよ」

智子のスラリとした指が、美奈のスリップを脱がせ、小さな胸のふくらみを包んでいたブラジャーも優しく奪い取った。

「とってもかわいらしいおっぱいね」

智子の言葉に、美奈は恥じらい、うつむいた。

「さあ、下も脱いでちょうだい。愛らしい花びらも、お姉様に見せなくちゃだめよ」

「お、おまえ一体、なに言ってるんだよぉっ？」

それまで何事が起きているのかと二人を呆然と見つめていた麻里亜であったが、ここに来てやっと我に返り、声を張りあげた。

しかし、智子は、ピシャリと言い返す。

「うるさい。きみはちょっと無粋《ぶすい》だぞ。もう、黙って見ていてくれたまえ」

そして、彼女は最後の下着を美奈から奪い取ったのである。

美奈は膝を胸につけ、懸命に裸体を隠そうとする。まだ残っている白い三つ折りソックスが、やけに淫靡だ。

智子は満足そうに、麻里亜に言った。

「制服美少女を脱がせるときには、ソックスだけは必ず残しておく。ここがポイントだ」

(それって、なんのポイントだよ……？)

麻里亜は完全に言葉を失っていた。

次に、智子は自分の学生鞄から、いきなり麻縄を取り出すと、それを美奈に見せ、口許だけで笑った。

その微笑みの意味を察したのか、美奈はおびえた声で言う。

「お姉様……どうか、堪忍して……」

「ふふふ。だめよ。体で払う約束だったでしょう？」

「ちょっと待てっ！」

思わず麻里亜は割り込んだ。

「おまえなぁっ、こいつをリンチしてどうすんだよっ？　あたしはカツアゲするのが目的だったんだぞ！」

「バカだな、きみは。『後生ですから』ときたら、即、縄で応じるのが人の道というものではないか！」

「嘘つけっ！」

「『後生ですから』ときたら、即、緊縛！　きみは保健体育の授業で習わなかったのかっ？」

言い放ってから、智子は察したようにフッと笑った。

「……そうか、きみはサボリ魔だったな。おろか者め！　文部省推奨のあの素晴らしい緊縛実習も受けてないのだなっ？」

「おまえ、ホラ吹くなよ……」

麻里亜の声は、完全に疲れきっていた。

しかし、智子はかまわず力説する。

「手錠や足枷《あしかせ》などの拘束具ではいけない。あれはルール違反だ。日本人女性のきめの細かい肌を最も美しく見せるのは、ズバリ、縄だ！　日本人なら、縄で決めろっ！」

「縄か手錠かの問題じゃねえんだよっ！」

「きみという人は、どこまでも無粋なんだなっ。悪いが、もう、きみとは話したくないね」

傲慢に言うと、智子は美奈に向き直り、打って変わった甘い声でジワジワと迫る。

「ふふふ。かわいい人ね。たっぷりかわいがってあげてよ」

それからまたクルッと振り向くと、麻里亜に言った。

「きみにとっては初めてのショーだろうから、初心者向けの縛りでいくぞ」

「勝手にショーを始めるなっ！」

麻里亜が怒鳴ったときには、すでに智子は背中を向けていた。

「さあ、美奈ちゃん。お願いだから、そのかわいらしい胸を手で隠してしまうのはやめてちょうだい。わたくし、あなたのすべてを見たいのよ」

「お姉様、でも、あたし……」

「まあ、恥ずかしいの？　なら、両手で膝をかかえなさい。これは命令よ」

美奈は頰を染めながらも、おずおずと智子の言葉に従う。

「美奈ちゃん、あなたはわたくしのお人形さんなの。抵抗してはだめよ」

優しく言いながら、智子は美奈の手をとった。しっかりと組まれた細い指をほぐし、その両手をいきなり、美奈自身の膝の間にグイと引く。

「あっ」

いきなり自分の両手で膝を割られ、美奈は小さな悲鳴をあげた。

「抵抗してはだめよ。わたくし、あなたを嫌いになってしまってよ」

声音《こわね》こそは優しかったが、智子は強引に、美奈の右足首の内側に右手首を縄で括《くく》りつけた。そして、反対側も、同じように——。

美奈は、自分の両手で両脚を開かれる格好になっていた。脚の付け根の淡い茂みまで、あらわになっている。

「いやっ！　見ないで、お姉様！」

美奈は恥じらいに瞳を潤ませ、子供っぽくイヤイヤをする。

「お願いよ、お姉様。ほどいてちょうだい」

「あら。今のあなたは、とっても愛らしくってよ。わたくし、あなたをもっと好きになってしまいそう」

その智子の甘い言葉に、美奈も少しは安心したのだろうか。熱を帯びた瞳でこたえる。

「ああ、ひどいわ、お姉様。美奈にこんな恥ずかしい格好をさせて……」

「あら。これから、わたくし、あなたにもっと恥ずかしい思いをさせてあげてよ。覚悟なさいね」

智子は、ふくみ笑いをした。

そして、その妖しい微笑みを口許にたたえたまま、美奈の両手をじわじわと広げはじめたのである。

当然、ほっそりとした両脚も内側から押されてゆく。繊毛の奥に紅色の花唇《かしん》も透けて見える。

「あっ。ああっ……」

　憎からず思っていたであろう上級生にあられもない姿態をとらされた少女は、被虐《ひぎゃく》の悦《よろこ》びに目覚めつつあるのか、悩ましい声をあげる。

「さあ、あちらのお姉様にも、よく見ていただかなくてはね」

(そんなもん、見たくもねえよぉっ！)

　麻里亜は心の中で、かたくなに抵抗していた。が、それを口にしてこの妖しい雰囲気を壊すだけの勇気はすでに失っていた。

　智子は美奈の背後にまわると、彼女の固い蕾《つぼみ》のような両胸をキュッとつかんだ。

「は……あんっ……」

　甘く切ない刺激は、少女には予期できないものだったのだろう。小さな唇が悩ましい吐息をつく。

　やがて、執拗に胸を揉みしだくその手を払いのけたいという衝動に駆られてか、美奈は右手を動かした。しかしそれは、括りつけられた脚をさらに広げ、一段と淫《みだ》らな格好になるという結果に終わり、彼女は涙ぐむ。

「あっ……。あっ……ああんっ」

　美奈は泣き声に近い声をあげた。

　智子の指が、小さな花弁をつまんだのである。そのまま、指は小刻みに秘所を刺激し、さらに少女の肉体を乱れさせる。

麻里亜は止めることもできずに、事の成り行きを見守るだけである。

「ほぅら、美奈ちゃんのここ、こんなに濡れている。クチュクチュ言ってるわ」

「ああ、もう許して……」

「でも、美奈ちゃんのこっちのお口は『もっと、もっと』っておねだりしているわよ。なんていやらしい子なのかしら」

「あんっ。お姉様ぁ。こんな……こんな美奈を見ても、嫌いにならないで。お願いよ。あっ……あっ……」

「ふふ。嫌いになんてなるものですか。わたくし、ますますあなたのことが気に入ってしまってよ」

「あっ……あんっ」

容赦ない指は、幼い花芽《はなめ》までも犯す。

最も敏感なところを指の腹で執拗に刺激され、美奈は何度も首をのけぞらせる。

「あんっ。ずるいわ、お姉様……ああっ。美奈のこんな恥ずかしいところを見て……あっ。ああっ……んっ！」

彼女は確実に昇りつめているようだ。

おさげ髪はほつれ、薔薇色の頬にかかり、さきほどまでの美奈には見出せなかったなまめかしさがにじみ出ている。

そして、ついには——。

「あっ……ああーっ……！」

美奈はのけぞり、愛らしい歓喜の声をあげ——それっきり、グッタリとなったのであった。

智子が支える手を離すと、縛られたままの少女の体はマットの上にくずれた。

いまだかつて知らなかった快楽の園に到達し、少女は呆然と宙を見つめているだけである。

智子はスッと立ちあがった。そして、冷静な声で麻里亜に言った。

「わかったかい？　これが『後生ですから』のルールだ。きみもこれからは、作法にのっとった対応ができるように心がけるんだな」

「なってたまるかっ！」

必死の抵抗とばかり、麻里亜は声を張りあげる。

そんな彼女に、智子は憮然として言う。

「なんだ、その態度は。わたしは、きみが今後恥をかかないよう、親切に教えてあげたんだぞ」

「カツアゲはどうしてくれるんだよっ？」

「彼女はちゃんと体で払ったではないか！」

優等生らしい凛とした声で、智子はピシャリと言った。

「それ以上、きみは一体なにを望むのだっ？」

なにを望むのだと言われても……。

（あたしはただ、ちょっとカツアゲしたかっただけなんだ。なのに、こいつは、その尻馬に乗って、おのれの劣情を満たすすため、やりたい放題やりやがって……。なんて悪党だ……）

麻里亜は心で泣いた。

「ときに、麻里亜君」

「な、なんだよっ」

いきなり智子に呼ばれ、麻里亜はビクリとした。

「きみは、TBSラジオの『夜はともだち』の一コーナー『それ行け、スネークマン』を聴いているかね？」

「そ、それがどうしたんだよっ。聴いてねえよっ」

「ふっ……。ワルぶっていても、まだまだノーマルだな」

「ノーマルのどこがいけないっ？」

「いけなくはない。ただ、多数派のノーマルは少数派のアブノーマルを引き立てるだけの十把《じっぱ》一絡《ひとから》げに過ぎないというだけだ」

「アブノーマルがいばるなぁっ！」

麻里亜の声は、一九七九年の某公立中学校の体育用具倉庫の中で、虚しく響きわたったのであった。

第二話　女教師、縄の疼き

校庭から、練習にいそしむサッカー部員の声が聞こえてくる。

ジョギングをしているのは、女子テニス部だろうか。澄んだ掛け声が、午後の空に呑み込まれてゆく。

しかし、狭い生活指導室の空気は、妙に白々しかった。

教師と生徒が座っている二つのパイプ椅子は、折り畳み式の机で隔てられている。

「ねえ、池本さん。一体、なにが理由なの？」

担任の夏目《なつめ》は、健気《けなげ》なほど真剣な面持《おもも》ちで麻里亜に訊いた。

「お願い。先生に話してちょうだい」

理由？

そんなものはない。

ただ、突然の衝動に駆られて、教室の窓ガラスを割っただけだ。あえて言えば「ムシャクシャしたから」だろうか。

しかし、そのような怒りを、このいかにも苦労知らずの担任教師に話したところで、理解してもらえるものだろうか。

母子家庭、貧しい生活、幼い妹の交通事故と入院――。実際、麻里亜の心は疲れはてていた。

そして、二十三になっても情熱を失わないこの女教師に、麻里亜は内心妬《ねた》ましさも感じていたのである。

麻里亜はプイと横を向いた。

「池本さん」

夏目の声は、かすかに震えていた。

泣き出す寸前なのだろうか。ならば、面白いというものだ。

麻里亜ははからずもサディスティックな気分になりつつあった。

「ねえ。どうして、窓ガラスを割ったりしたの？　後生だから、先生に正直に言ってちょうだい。ね？　後生だから……」

夏目の澄んだ瞳は潤んでいた。

「けっ」

麻里亜がうんざりして椅子にふんぞり返ったそのとき、いきなりノックもなしにドアが開いた。

そして、入ってきたのは……生徒会長の山崎智子だった。

（げっ！）

たちまち逃げ腰になった麻里亜ではあったが、いい子ちゃんの生徒会長なんかにびびった姿を見せるわけにはゆかなかった。とにかく、椅子から立ちあがりたいという衝動を懸命に抑える。

「麻里亜君、なんという態度だ！」

よく通る低めの声で、智子にピシャリと言われ、麻里亜はビクリとした。

「先生が『後生だから』とおっしゃっているんだ！　それなりの態度を示したらどうだっ？」

「そ、それなりの態度だとぉ……？」

戸惑いを隠せなくなった麻里亜を無視し、智子は夏目に訴える。

「先生も、その『後生だから』に真剣味が足りませんっ！　さあ、もっと真剣に、体を張って『後生だから』にゆきましょうっ！」

「ああ……そうだわ。そうよね、山崎さん」

夏目は両手を揉みしぼり、悩ましげな表情で智子に同意する。

「わたし、考えが甘かったわ。山崎さん、あなたのおっしゃる通りね」

(こいつら、なにを言ってるんだ?)

麻里亜は一人、蚊帳《かや》の外である。

「さあ、先生っ。服を脱いでくださいっ」

(なにぃっ?)

智子の言葉に麻里亜は度肝を抜かれた。が、夏目は大きくうなずくと、恥じらいに睫《まつ》毛《げ》を伏せて上着を脱ぎ、それから、いそいそとブラウスのボタンを外しはじめたのである。

パサリと音を立てて、床にブラウスが落ちる。続いて、スカートも……。

きめの細かい肌を、薄桃色のキャミソールが包んでいる。色あいこそは優しいが、シックなレースでふちどられた大人っぽいランジェリーである。

「素晴らしい肌だ」

智子は嘆息しつつ、夏目の腕に人さし指をツツッと滑らせる。

「あっ」

思わず小さな声をあげてしまった夏目は、頬を染め、うつむいた。

(こいつら、そろってアブだぜ……)

麻里亜はトンズラを決め込もうと、そろそろと立ちあがった。

しかし、ドアに手をかけたとき、智子の声が耳に突き刺さったのである。

「逃げるなっ！　弱虫！」

「弱虫、だとぉ？」

聞き捨てならぬ智子の一言に、麻里亜はドスをきかせた声で言うと、振り返った。

強い光をたたえた双眸《そうぼう》とぶつかった。わずかに憂《うれ》いを含んだ、山口百恵そっくりの一途な瞳だった。

智子はひるむことなく麻里亜を見つめ、ゆっくりと繰り返した。

「そうだ。弱虫だ」

「あたしのどこが弱虫だってんだよっ！」

「きみはいつも、人生の大切な局面では逃げてばかりではないか！　ここで逃げたら、きみの人生はもう、負け犬人生だぞ！」

「こ、これのどこが『人生の大切な局面』なんだよぉっ？」

麻里亜は声を絞り出した。

しかし、智子は堂々と応じる。

「わからないなら、黙って見ているんだ！　いいかっ？　これから繰り広げられる地獄絵図こそが、正しい『後生だから』な状態なのだっ！」

激しく言い放つと、智子は鞄から麻縄を取り出した。

そして、荒々しく夏目を床に突き飛ばしたのである。

「あっ！」

下着姿の女教師は、生活指導室の床に両手をついた。

智子の手が、キャミソールを引き裂く。その音は、悲鳴のように室内に響いた。

相手に身を起こす間も与えず、智子はブラジャーとショーツも奪い取った。

少女のようなピンク色の乳首と、脚の間の淡い翳りに、智子は感嘆のうめきを洩《も》らした。

「ほう。まるで生娘《きむすめ》ではないか」

（――って、おまえ一体、何者だよぉっ？）

麻里亜は懸命に、心で同級生をどやしつける。

夏目の肉体に感嘆しつつも、智子は容赦なく縄をかけてゆく。あたかも、そうすることによって、その女体がなお美しいものへと変化することを、確信しているかのように。

細い手首は後ろでひとつに括られた。縄が首にかかり、固い結び目が女体を這い、両脚の間から背中へと消える。

股縄の二つの結び目は、前方の小さな肉芯と、後方の蕾を刺激する位置にある。

「あぁっ」

敏感な部分に縄をグイと食い込まされ、夏目は声をあげた。苦痛と恥辱と、妖しい疼きゆえの小さな悲鳴だった。

しかし、智子は容赦なく、女教師の肉体の上に、キリキリと縄目を這わせてゆく。その真剣な表情は、十五という若さですでに道を極めんとする者の風格をそなえていた。

きめの細かい色白の肌の上に、縄は美しい亀甲《きっこう》模様を形作る。

グッと最後の結び目を作ると、智子は夏目をふたたび床に突き飛ばした。がんじがらめの白い肉体は、瀕死の蛇のように一度二度と悩ましげにくねった。

「まさに残酷美だ」

ひと仕事終えたあとの清々《すがすが》しい表情で、智子は言った。

そして、夏目の優美な脚の間を通る縄をおのれの人さし指にかけると、具合を確かめるように軽く引いた。

「あっ……あっ、ああっ……」

智子の指のわずかな動きに合わせて、女教師は鳴き声をあげる。と同時に、食い込む縄を避けようとするかのように、形のよい尻をくねらせる。

「ふふふ。あなたはもう、教師ではありません。無力な一人の女でしかないのです」

丁寧ではあるがねちっこい口調で、智子は言う。

「ああ……どうか、乱暴しないで……」

「乱暴なんてしませんよ。あなたをとってもいい気持ちにしてさしあげるだけです。あまりの気持ちよさに、あられもない声をあげ、大事なところからたっぷり潮を吹いて乱れに乱れ、今後あなたが麻里亜君の前で教師面《づら》などできないほどにね。ふふふ……」

(そんなことされても、こっちはちっともうれしくねえよぉっ！)

——それが麻里亜の率直な気持ちだった。

「さあ、先生。本日のあなたのパートナーをご紹介しましょう」

智子は鞄から、なにかを取り出した。

それは、一個のバイブレーターだった。七〇年代ならではの、プラスチックでできた流線形の製品である。

「ふふふ。どうです、先生？　なかなかの逸品でしょう？　この張形《はりがた》は、江戸時代、さる豪商の後家《ごけ》さんが愛用していたものでしてね。いかがです、この木彫り細工の美しさ？」

「ど、どこが木彫り細工だよっ？」

たまらず、麻里亜は口をはさんだ。

「麻里亜君、きみは黙っていてくれたまえ。これはロール・プレイなんだ」

智子は憮然とした顔で言った。

「気分が削《そ》がれたではないか。別のパターンでやり直しだ」

そして、夏目のほうを向くと、ふたたび智子は、

「さあ、先生。本日のあなたのパートナーをご紹介しましょう。名前は、コメット号です。そして、わたしはキャプテン・フューチャー」

（――って、おまえはＳＦファンかっ？）

「さあ、わたしと共にゆきましょう。天国をも飛び越え、快楽の月面基地へ！」

智子は夏目の鼻先にバイブレーターを突きつけた。

おびえた表情で夏目は後ずさろうとしたが、たちまち股縄の結び目が敏感な部分を刺激したらしく、「ああっ」と悩ましい声をあげるにとどまった。

智子はもったいぶった手つきでバイブレーターの本体をひねった。

低いモーター音を伴い、コメット号は震え出す。

「さあ、先生。麻里亜君を更生させるために、思う存分『後生だから』な痴態を演じてください」

言うなり、智子は夏目のすらりとした両脚を容赦なく左右に開くと、その間に身を滑らせたのであった。

あられもない開脚の姿勢のまま、夏目はおびえた目で智子を見つめる。

コメット号は、夏目の秘められた箇所を目指し、飛び立った。

震える先端が花弁に触れたとき、夏目は必死に腰を引こうと試みたが、それは無駄に終わった。

「あっ……あっ。どうか、もっと優しくなすって。実はわたくし、処女ですのよ、麻里亜さん」

「いきなりあたしに話を振るなっ！　このバカ教師っ！」

麻里亜は叫んだ。

「ああ、だめ。そんなに太いの……入りませんわ。どうか堪忍して……」

夏目の言葉に、智子はコメット号を後退させた。

明らかに、夏目の表情には安堵の色が表われる。

しかし、智子は鼠をいたぶる猫のように目を細め、楽しげに言ったのである。

「ふふふ。大丈夫。その前に、あなたがたっぷりと蜜をしたたらせてくれれば、難なく入りますよ」

「ああ、だけど……だけど、わたくし、経験はありませんの……」

「ご安心を。これを使う前に、麻里亜君の代わりにわたしが指であなたの蜜壺にたっぷりご奉仕いたします」

「なんであたしの代わりなんだよっ？　ええっ？」

麻里亜は声を荒らげたが、夏目は彼女を無視し、場を盛りあげる。

「あっ。あっ……恥ずかしいわ、麻里亜さん」

「だから、あたしに話を振るなよぉっ！」

麻里亜は叫ぶ。見物させられているこっちは、たまったものではない。

智子の指は、茂みの奥で、淫らな動きを繰り返す。

「あっ……あんっ……ああっ……」

時に指は縄を引き、女教師の肉体をくねらせる。

やがては――。

「あっ……あっ！　麻里亜さん、後生だから……後生だから、真面目な子になってちょうだい！」

その哀願を切り裂くかのように、智子の凜とした声が響きわたった。

「コメット号、発進！」

バイブレーターは縄目を押しのけ、夏目の肉の内へと沈んでいった。

すでにそこは充分に潤っていたのだろう。それはまさに、滑るが如くのドッキングであった。

「おぅ！　おぅ！」

生まれて初めて経験したであろう激しい刺激に、夏目は乱れた。

「おぅ！　おう！　おぅ、おぅっ！　麻里亜さん、後生ですわ！　どうか真面目になってちょうだい！　おう！　おぅ！」

「あのなぁ……あんたこそ、真面目に生活指導したらどうだ？」

麻里亜の声は、完全に脱力していた。

「おぅ、おう！　おぅ……ひ、ひどいわ。おぅっ！　わたくしにここまで屈辱的なことをさせておきながら……おう、おぅ！　おう、おぅ！」

智子は薄笑いを浮かべながら言う。

「麻里亜君、どうだい？　ここまでやっても、まだ、真面目な生徒にならないのかい？」

「なるかぁっ！」

「しかたない。先生、今度は、後ろのほうにある愛らしい蕾を攻めてみましょう」

そして、今度は、やや小振りのバイブレーターを鞄から取り出したのである。

「行け、轟天号《ごうてんごう》！」

「ああ、堪忍して、おぅ！　そこだけはイヤッ！　おう！　いやですわ！」

夏目は必死で首を横に振った。玉の涙が飛び散る。

どうやら、本気でいやがっているようだ。

だが、智子は冷たく言った。

「しかし、もっと激しく『後生だから』を演じてくださらないと、麻里亜君は真面目な子にはなってくれませんよ」

「ああ、いやよ！　そこだけは、どうか堪忍して！　おぅ！　おぅ……後生だから、麻里亜さん！　後生だから、真面目になってちょうだい！　後生だから……！」

脚の間に玩具を咥《くわ》え込まされ、髪を乱し、額に汗の粒を光らせ、必死に目で追いすがる緊縛された女教師。

その姿を前に、麻里亜はいたたまれない気持ちになってきた。

自分は、一体なんの因果でこんなものを見せられなければならないのか……。

うつぶせで腰を浮かせた体勢をとらされた夏目の後方の蕾に、轟天号の先端が触れる。

「ああっ！　イヤッ！　麻里亜さん、どうか堪忍してぇッ！」

(お……おまえら、しつこいぞっ！)

そして、どこまでも追いすがってくる女教師の声を振り切るべく、麻里亜は、ついに言い放ったのである。

「わかったよっ！」

その声を合図に、轟天号のモーター音は止まった。

「ああ、しつこい女どもだぜっ！　真面目になりゃあいいんだろっ！　真面目になりゃあ！」

智子は、轟天号を床に置いた。

「ふっ。やはり、縄の力はすごいな」

一方、床の上では、あいかわらずコメット号に責め苛《さいな》まれている夏目が、痴態を演じていた。

「おぅ！　おぅっ！　おぅ！　麻里亜さんっ……早く、これを外してっ。縄をといてっ。おぅ！　おぅ！　おぅっ……」

しかし、夏目は結構、楽しそうである。

（くそぅっ。こいつら、あたしをダシに、変態プレイを楽しみやがってっ）

麻里亜は心で泣いた。

「ときに、麻里亜君」

「な、なんだよっ？」

いきなり智子に話を振られ、麻里亜は身構えた。

「きみはソニーのウォークマンを持っているかね？」

「も、持ってねえよっ。それがどうしたっ？」

「そうか。持ってないか。なら、ウォークマンがほしくなったら、わたしのところに来なさい」

「あ、あたしにくれるのかっ？」

「いや」

智子はきっぱりと首を横に振った。

「実はわたしも持ってない。よって、『わたしも持ってないから心配するな』と、きみを慰めてやることができる」

「――って、てめえは植木等かっ？」

麻里亜の激しいツッコミは、一九七九年の某公立中学校の生活指導室に虚しく響きわたったのであった。

第三話　女医、縄の疼き

夕食の時間だ。

同室の患者たちは皆、食堂に行ってしまった。

久羅羅《くらら》は、用意された夕食から目をそらすと、うつむいた。

麻里亜はそんな妹に、かぎりなく優しい声音で訊く。

「食べたくないのかい？」

久羅羅はこくりとうなずいた。

「だめだよ。食べなくちゃ、元気になれないよ。歩けるようになれないよ」

「足のことは言わないで、お姉ちゃん」

妙に大人びた静かな口調で、久羅羅はこたえた。

「どうせあたし、一生歩けないままなんだから」

「なに言ってるんだよ。先生は、リハビリをがんばればちゃんと元通りになるって、言ってくれたじゃないか。それに、おまえ、最近は足を動かせるようになっただろう？それだけでも、すごい進歩だよ。もうちょっとがんばって、立てるようになれば、あとは――」

「変な希望を持たせないで！」

「…………」

思わず声を荒らげたことを恥じるように、久羅羅はふたたび視線を落とした。

「お願いだから……。お願いよ、お姉ちゃん。あたし、無駄な望みは持ちたくないの。あとでがっかりしたくないの」

長い睫毛の間から涙があふれ、薔薇色の頬を伝った。

三ヵ月前の交通事故は、あまりにも辛い試練だった。九歳になったばかりの少女にとって、殺風景な病院での車椅子生活は、どれだけ心細いものか。

リハビリテーション次第で完治する――そう医師は言った。

しかし、当の久羅羅が望みをなくし、リハビリに消極的になっては、回復は遅れるばかりだ。

一体どうすれば、久羅羅は希望を持ってくれるのか？

麻里亜は床に目を落とした。

見慣れたリノリウムの床だ。傷やシミの位置まで、すっかり覚えてしまった。

「お姉ちゃん、あたし、疲れちゃった。ちょっと寝かせて」

久羅羅はおだやかに言った。

わがままを言って姉を困らせるような子ではない。「疲れた」と口にしたからには、本当に久羅羅は疲れきっているのだろう。

麻里亜は、横になった久羅羅の肩まで布団をかけてやる。

「お姉ちゃん、ごめんなさい」

つぶやくような言葉に、麻里亜が返す台詞を探しているうちに、静かな寝息が聞こえてきた。

（久羅羅……）

たちまち視界が涙でにじみ、愛らしい妹の寝顔もぼやけた。

（こんなお姉ちゃんで、ごめん。おまえがいつも悲しそうにしていたのは、あたしのせいだったんだよね。父親はいないし、母さんは働きづめだし、お姉ちゃんはどうしようもない不良だし……）

そうだ。

久羅羅が事故に遭ったのは、夕食の買い物に出たときのことだった。あの日、自分が夕食を作ってやっていれば、こんなことにはならなかったのだ。

(できることなら、あたし、今からでも立派なお姉ちゃんになりたいよ……。なんの努力もせずにいつも逃げてきたあたしが、おまえにがんばれって言うのも、ふざけた話だよね)

そのとき、背後で足音がした。

麻里亜はあわてて、手の甲で涙を拭った。

「池本さん、いつもご苦労様です」

どこか気取ったような声の主は、医師の谷村《たにむら》だった。

「久羅羅ちゃんは、いかがですか?」

「先生っ」

麻里亜はすがりつかんばかりに、その女医に訴えた。

「先生っ。なんとかしてくださいっ。どうか、久羅羅を立てるようにしてやってくださいっ」

しかし、谷村は怜悧《れいり》な美貌に完璧な微笑みをたたえ、落ち着いた口調でこたえた。

「本人次第ですね。立とうという気がなければ、いつまで経っても立てませんよ」

「なにぃっ？」

瞬時のうちに麻里亜は激昂した。

この女医の余裕が、ひたすら恨めしかった。うろたえる自分を内心で嘲笑《あざわら》うかのような、その取り澄ました態度が腹立たしかった。

白衣の胸元をつかむと、麻里亜は谷村を壁に押しつけた。

後頭部を打ちつけられ、谷村は顔をしかめた。

それにはかまわず、麻里亜は彼女の白衣の襟元をグイグイ締めあげた。

「てめえ、久羅羅を見放すつもりかっ？　それでも医者かよっ？」

「く……苦しいわ、池本さん。離してっ……」

「久羅羅の足が治らなかったら、てめえのせいだっ！　そんときには、ぶっ殺してやるっ！」

「苦しい……ああっ……やめてちょうだい。後生だから……」

谷村が言った、そのときである。

「やめたまえ、麻里亜君！」

突然割り込んだ凜とした声に、麻里亜は体を硬直させた。

（まさか、また、あいつが……？）

いや、しかし、ここは病院だ。いかな智子でも、ここまでは……。

だが、麻里亜の願いも虚しく、突如として割り込んだ声の主は、予想通り山崎智子その人だったのである。

「麻里亜君！　その手を離したまえ！　先生が『後生だから』とおっしゃっているだろうっ！　きみは何度言ったらわかるんだっ？　『後生だから』と言われたら、即、緊縛だっ！」

「て、てめえ、なんでここに……？」

「きみのことが心配で、思わずあとをつけてきてしまっただけだ」

「思わずあとをつけるなぁッ！」

麻里亜は声も限りにツッコミを入れた。

しかし、智子はそれを無視し、谷村に言った。

「はじめまして。わたしは麻里亜君の同級生の山崎智子と申します」

「は、はじめまして」

戸惑いぎみにこたえた谷村に、智子は言う。

「さあ、先生。よろしければ、ご自分で服をお脱ぎください。そして、わたしと一緒に『後生だから』な状態を作り、麻里亜君に訴えましょう！」

「そ、そんな……わたしは医者です」

「お気持ちはわかります。しかし、あなたは、医者である前に、一人の人間でしょう？

『後生だから』とおっしゃったからには、おとなしく緊縛されるのが、人の道というものではありませんかっ？」

「あ……」

谷村はハッと気づいたようであった。そして、次の瞬間、たちまち涙ぐんだのである。

「そうね……。そうだわ。あなたのおっしゃる通りよ。わたしは医者である前に、一人の人間だったんだわ」

「おわかりいただけたなら、さあ、こちらへ」

智子はベッドとベッドを仕切るカーテンを開いた。そして、谷村を隣のベッドへと導くと、サッとカーテンを引いたのである。

「おまえら、なんのつもりだよぉっ？」

不安に駆られて、思わず麻里亜もカーテンの中に入ってしまう。

覚悟を決めてはいたが、もじもじしている谷村を、智子はなんのためらいも見せずベッドの上に突き飛ばすと、彼女の白衣の前を無理やり開いた。シーツの上にボタンが飛び散る。

続けて、智子は容赦なく、白衣の下のブラウスも同じように縦に裂いた。黒いレースのランジェリーから、熟れたバストがのぞいている。

すでに無駄とは知りつつも、麻里亜は抗議の声をあげる。

「おまえらなぁっ、他人の病室で、なにしやがるっ！」

「大丈夫。カーテンはちゃんと引いてある。久羅羅ちゃんのベッドからは見えはしない」

そして、智子は手際よく、新たなる獲物に縄をかけはじめたのである。

はだけた白衣はそのままに、胸の双丘の上下に縄を走らせる。たおやかな腕を背中に折り、手首をきつくひとつに括る。

膝を折らせ、左右それぞれ、太股《ふともも》とふくらはぎを合わせて縄で固定する。麻縄が白い太股《ふともも》に食い込んでいるのが、なんともなまめかしい。

ミニスカートの奥の黒い下着の中に、熟れきった女の部分が息づいている。

柔肌《やわはだ》に食い込む縄から逃れようとするかのように、谷村は身じろぎをした。

「い、痛いわ。智子さん」

「そうか」

「もうちょっと、縄をゆるめてくださらない？」

「だめだ」

智子は冷たく言い放ち、谷村の表情の翳りを確認すると、楽しそうに続けた。

「ふふふ……。いくら白衣を着ていようとも、緊縛してしまえば、貴様は単なる肉奴隷に過ぎぬ。一人の少女の足を治すこともできずに、なにが医者だ！　さあ、言ってみろ！　『わたしは淫乱な雌豚です』とな！」

「わ、わたしは淫乱な雌豚です」

谷村は恥辱に頬を染めながら言う。

「おまえら……いいかげんにしろよな……」

麻里亜は疲れきった声でつぶやいた。

しかし、智子も谷村も無敵のマイペースを保っていた。

「続けろ。『医学の進歩のため、どうか、わたしの体で医学実験をしてください』とな！」

しかし、谷村にもプライドが残っていたようだ。彼女は数秒の間、逡巡した。

すると、智子は学生鞄から三十センチの竹定規を取り出し、谷村の尻をピシリと叩いたのである。

「さあ、言うのだ！　この豚め！」

ピシッ！　ピシッ！

「あっ……。あっ……」

「さあ、言えっ！　言うのだ！」

執拗な智子の責めに、ついに谷村は屈した。

「い、医学の進歩のため、どうか、わたしの体で医学実験をしてくださいっ……」

「ようし、豚が自らそう言うのなら、しかたがないな。特別に貴様の肉体で実験してやろうではないか。貴様のような穢《けが》らわしい豚が医学の進歩に貢献することができるのだ。感謝しろ！」

そして、智子は学生鞄から巨大な注射器を取り出した。

「さあ、まずは浣腸だ」

（おい……。それのどこが医学の進歩に貢献するわけ……？）

すでに精神的疲労の極みにあった麻里亜であったが、心では必死の抵抗を試みていた。

智子は谷村の目の前で、注射器に浣腸液をたっぷりと吸わせる。

「ああっ。どうか、それだけはやめてちょうだい……」

谷村はおびえた顔で、必死に後ずさろうとした。

しかし、智子はその腰をとらえ、ミニスカートをまくりあげるとストッキングを引き裂き、黒いシルクのショーツを引きおろしたのである。

茂みの奥に、赤く熟れた花唇が見えた。

「あっ。あっ。イヤッ……」

逃れようとする谷村の尻を、智子は定規でしたたかに打った。

谷村の抵抗が萎《な》えたところを見はからい、智子は彼女に腰を上げさせた。そして、ピンク色した可憐な菊花《きっか》の蕾に注射器を突き立てたのである。

「あっ……あっ……ああっ……」

その刺激に、谷村の声には淫らな響きが混じる。初めて味わう屈辱の中、彼女は新たなる快楽を発見したのだろう。

智子は注射器を置くと、定規を振りあげた。

「豚め！」

「ああっ！」

ピシッという鋭い音と共に、谷村は苦痛と悦びの入り交じった声をあげた。このエリート女医も、すでに一匹の雌と化していたのである。

「ほうら、ここはどうなっている？」

智子はいたぶるように、谷村の股間をまさぐった。

「あっ。いやっ……」

「ふふふ。こんなに濡らして……。この淫乱な雌豚めが」

智子は指を動かす。

「ああっ……」

谷村の頬が染まり、息が荒くなってくる。

まるでおねだりをするかのように腰を浮かせた女医の尻を、智子は容赦なく定規で打ちすえる。

「豚め！」

ピシッ！

「あっ！」

（……いいかげんにしろよ）

麻里亜は心でつぶやいた。

「豚め！」

ピシッ！

「あッ！」

（いいかげんにしろってばよぉ……）

「豚め！」

ピシッ！

「ああッ！」

（たのむから、いいかげんにしてくれよぉ！）

「智子さん、お願い」

谷村は潤んだ目で智子を見あげた。

「縄をといてちょうだい。トイレに行かせてちょうだい」

「我慢じろっ。貴様は少し辛抱が足らんのだっ。この怠《なま》け癖のついた豚めがっ」

「が、我慢できないわっ」

「ほう？」

「我慢できないのよぉっ！」

「しかたないな」

智子はいきなり、ベッドの下から洗面器を取り出した。

「こいつでやれ。伝統的なＳＭアイテムだ。光栄に思うことだな」

「ああっ……いやよ、いや！　それだけは堪忍して！」

「うるさいっ。貴様、今までさんざん患者にはポータブル・トイレで用を足させてきたんだろうっ？　たまには患者の気持ちになって、この特別製のポータブル・トイレでやってみろ！　実験動物にはこれで充分だ！」

断言した智子に、麻里亜は率直な感想を述べる。

「おまえ……相当失礼な奴だな」

「きみは黙っていてくれたまえ！」

智子は麻里亜にピシャリと言い、それから谷村のほうに向いて言った。

「そんなに言うのなら、貴様におむつをしてやる」

「ああっ。おむつはいやっ！　堪忍して！」

「うるさいっ」

そして、智子は今度は鞄からおむつを取り出した。が、すぐに谷村につけてやるほど彼女は慈悲深くはなかった。

智子は低く笑うと、おもむろに谷村の脚の間に手をさし入れ、その部分を親指と人さし指でクチュクチュと嬲《なぶ》りはじめたのである。

「あっ……あんっ。ああっ……。イヤッ。智子さん、漏れてしまうわ！」

あられもない声をあげつつも、谷村は必死に訴える。

智子は冷たく言った。

「貴様はおむつがいやなんだろう？」

「ああっ。おむつでいいわっ。お願いよぉっ」

「なら、わたしに懇願しろ」

「智子さん、わたしにおむつをしてちょうだいっ」

「真剣味と工夫が足りんっ！」

智子の宣告に、谷村は言い直す。

「こ、この低能な実験動物の雌豚めに、どうか、そのおむつをあててやってください、ご主人様」

「よし、合格だ」

そのとき、麻里亜は背後に人の気配を感じた。

ハッと振り返った彼女の目に映ったのは……隣のベッドで眠っていたはずの久羅羅だった。

久羅羅は戸惑いの表情で、麻里亜を見あげた。

「お姉ちゃん……」

「久羅羅、見るんじゃないっ！」

麻里亜はあわてて言い、それから、ハッと気づいた。

「おまえ……立ってる……！」

「お姉ちゃん！」

しっかと両足で床を踏みしめつつ、久羅羅は顔をクシャクシャにして笑った。ここ何年か見せたこともない明るい笑顔だった。

麻里亜は久羅羅に駆け寄った。

「久羅羅が立った！　久羅羅が……！」

「ああ、お姉ちゃん！　あたし、お隣のベッドのプレイが見たくて、無我夢中で……！」

「なんて悪い子だ！」

愛情あふれる口調で言いながら、麻里亜は久羅羅を抱きあげた。

麻里亜は泣いていた。そして、久羅羅も——。

このとき麻里亜は、幼い妹の華奢な体に今までにない生命力が宿っているのを感じたのであった。

「美しい姉妹愛だ……」

智子は慈愛に満ちた微笑みを浮かべ、この姉妹を見つめた。彼女の目にも、美しい涙が光っていた。

その背後では、谷村が苦悶の表情で訴えていた。

「ご主人様、どうか、おむつを……。この雌豚めに、おむつを……。ああ、後生でございます。どうか、おむつを……」

その声が耳に届いたのかどうか、突然、智子は——。

「ときに、先生」

いきなり振り返ると、くそ真面目な表情で切り出したのである。

「な、なに？」

額に玉の汗を浮かべて、谷村は戸惑いぎみにこたえる。

「省エネルックって、定着すると思います？」

この年の夏、大平内閣は袖を短くカットした背広——名づけて「省エネルック」——を発表し、それを推奨していたのだった。

しかし、巷での評判は今ひとつだった。理由は、ズバリ「かっこ悪い」。

いきなり「雌豚」転じて目上の人間として扱われた谷村は、必死の表情で考え、こたえる。

「たぶん、来年にはなくなっていると思うわ」

「わたしも先生と同感です！」

晴れ晴れとした表情で智子は言った。

実際、翌一九八〇年には、省エネルックは完全に姿を消すことになる。七九年には大平首相につられて買ってしまったサラリーマン諸君も、翌年にはまわりの目をはばかって着られなくなってしまったのである。

結局、省エネルックの考案は、省エネどころか大いなる無駄となってしまったのであった。

ちなみに、大平首相は、八〇年の夏が来る前に亡くなっている。彼が省エネルックの失敗を知ることは永遠になかったのである。

閑話休題。

緊縛され、浣腸までされた谷村は、女の部分をしとどに濡らしながら、ふたたび訴えはじめる。

「ご主人様、どうか、この淫乱な雌豚めにおむつを……」

しかし、薄幸の美少女・久羅羅がその足で立つことができた今、実のところ、智子にとっては「ご主人様」も「雌豚」も「おむつ」もどうでもよくなっていたのだった。

「よいことをした……」

低くつぶやくと、智子は学生鞄を手にした。そして、麻里亜と久羅羅に気づかれぬうちに、静かに病室を立ち去ったのである。

実に鮮やかな退場であった。

それは、一九七九年。

昭和が生んだ大スター、山口百恵が引退する前年の出来事であった。

あとがき

これまでにアンソロジーに発表した短編の中から、笑いとエロスがテーマの作品を六編選び、書き下ろしを一編加えた。

収録作には、それぞれ、作者ならではの勝手な思い入れがある。

「西城秀樹のおかげです」では、近代以降の文学が陰鬱に描きがちだったエゴイズムというものの陽気な具象化を試みた（建前）。また、大好きな女学校エス妄想も描いてみた（本音）。

「哀愁の女主人、情熱の女奴隷」は、対照的な二人の登場人物を足して二で割ると私になるのではないかと思いつつ、書き進めた。すなわちお堅い面と奔放な面が確かに自分の内にはあるのだった。

男性作家は度々、自分自身がモデルとおぼしき男性を作品に登場させ、徹底的に三枚目として描き、時には性的な笑いの対象にもする。その女性版が「天国発ゴミ箱行き」である。私にとってはちょっとした実験だった。

「悶絶！　バナナワニ園！」では、仰々しい設定に阿呆なオチ、妙な官能描写を目指した。ところで、実在する熱川バナナワニ園は拙作とは一切関係ないものの、本当にバナナがあってワニがいる素晴らしい植物園だ。そもそも、この面妖なハイブリッドを連想させるネーミングのセンスがたまらなく愛おしい。

「地球娘による地球外クッキング」では宇宙人の死体の扱い方の常識に一石を投じてみたわけだが、解剖好きのアメリカ人は私を相手にしないであろう。あの愚民どもめ。

本書のために書き下ろしたのが「テーブル物語」。女性同士の愛の行為では指が重要視されることを、たっぷりと描いてみた。実生活でも私の指に対する執着はかなり強いという自覚がある。テーブルの角や脚はどうでもよいが。

そして「エロチカ79」では、ややもすれば「善対悪」という図式に単純化されがちな優等生と不良の関係に「ノーマル対アブノーマル」という座標軸を加えてみた。実際、思春期に突入した中学時代、私は定期試験で学年一番の成績をとったものの、バイセクシュアルでサディストでマゾヒストで世間様には白眼視されるアブノーマルであることに変わりはなく、少女時代の私はこの過酷な現実に愕然としたものであった。

――と、笑いとエロスを詰め込んだこの作品集、お楽しみいただければ幸いである。

また、お気に召さなかった方々には、本書を昼寝の枕にでもしていただければ、それこそ望外の喜び。三冊ほどご購入いただき積み重ねれば、ちょうどよい高さになる。お勧めだ。

二〇〇〇年四月　森 奈津子

文庫版のためのあとがき

『西城秀樹のおかげです』文庫化にあたり、新たに「タタミ・マットとゲイシャ・ガール」を収録することになりました。

この短編は、「蚊」というコンピュータ・ゲームのノベライズのアンソロジー『蚊―かーコレクション』（メディアワークス電撃ゲーム文庫）に発表したものです。プレイヤーは一匹の愛らしい蚊となって、運動神経がめちゃくちゃ優れた一家の血を吸う、というのが「蚊」のコンセプトでした。

ノベライズとはいえ、これといったストーリーはないアクション・ゲームを元にしているため、六人の執筆者（田中啓文、田中哲弥、小林泰三、牧野修、飯野文彦、そして私）は皆、蚊をテーマに好き勝手な物語を書いたものでした。

初出時、私は作品のまえがきとして、以下のような文を綴りました。

レ・ファニュ『吸血鬼カーミラ』を嚆矢とする女吸血鬼のレズビアニズムは実に麗しい、と常々思っていた。

ある日、ギヨーム・アポリネールによるエロ小説『一万一千の鞭』を読んだ。日本娘キリエムのエピソードに笑った。ギャグだとしか思えなかった。

『ピーター・グリーナウェイの枕草子』をビデオで見た。やはりコテコテのジャポニスムに笑った。特に、女書道家が相撲取りの体に墨で手紙を書き、刺客としてホモの出版社社長の元へ送り込むクライマックス。なんなんだ、あれは。

メディアワークス編集部にて、プロのゲーマーの方に「蚊」をプレイしてもらい、それを見学した。これは『吸血鬼カーミラ』で『一万一千の鞭』で『枕草子』で行こう、と心に決めた。

そして、この短編ができあがった。


――というわけなのです。

勘違い外国人の目を通したミステリアス日本を、彼女（あるいは彼）の一人称で描くという手法を思いついたとき、私は「ついに新たなギャグの手法を見つけた！」と歓喜したものでしたが、よくよく考えたら、こんな手法を何度も繰り返すことができるはずもなく、いわばこれは一発ギャグとして終わったのでした。あたかも人の手の一打ちで死ぬ蚊のように、はかなくも……。

しかし、私はかなり、この手法が気に入っているのでした。

単行本『西城秀樹のおかげです』に収録した七編の短編と共に、「タタミ・マットとゲイシャ・ガール」もお楽しみいただければ、幸いです。

二〇〇四年十月

森　奈津子

エロスと笑いの解放区

SFレビュアー
柏崎玲央奈

ついに、あの衝撃作がJAにて文庫化！　本書『西城秀樹のおかげです』は、稀代のSF作家・森奈津子によるSF短篇集だ。二〇〇〇年にイースト・プレスより刊行された単行本版はSF界に大きな衝撃を与え、第二十一回日本SF大賞にノミネートされた。

森奈津子は一九六六年十一月二十三日、東京都練馬区に生まれる。高校生のころから職業作家を志し、雑誌や懸賞に投稿を行っていた。東京女子大学短期大学部英語科、立教大学法学部法学科、日本バーテンダースクール・バーテンダー科を卒業。会社勤めの傍ら、スタジオぬえが主宰するサークルに所属し創作活動を続ける。一九九一年、少女小説家としてデビュー。学園コメディ〈お嬢さま〉シリーズで人気を博し、計二十六冊のヤングアダルト小説を上梓するも、すべて絶版。復刊が切望されている。

現在は「児童文学から官能小説まで」をモットーに、「エロス」と「笑い」をテーマにした現代物からホラー作品までさまざまなジャンルにわたる小説を精力的に発表している。が、その根っこにはSFファンの血が流れており、本書のほか、少女期の不安定な性の揺らぎや目覚めを描いた、せつないSF作品集『からくりアンモラル』(早川書房・ハヤカワSFシリーズ　Jコレクション／二〇〇四年)が出版されている。

作品を読むとわかるが、森奈津子はバイセクシュアルであることをカミング・アウト(自分のセクシュアリティを表明すること)している。本人によれば、それは政治的な意図を持ったものではなく、インタビュウなどで答えているうちに、自然と公になってしまったのだという。

森奈津子は自身をこう語る。「幼い頃、女は男とカップルになるべきだというのは、わざわざ教えられなくともまわりを見ていればわかったのに、私は女の子に惹かれる気持ちを抑えることができませんでした」(〈SF　Japan〉vol.08／二〇〇三年)。男女の愛だけが正常なものであり、ほかはすべて異常で排除すべきものであるという考え方を異性愛主義という。私たちは「正常な」異性愛者になるように、様々なメディアや教育から刷り込まれ、逸脱しないように育てられるのだ。自分を他人より劣った人間、異質なものだと思いこんだ少女・奈津子は「やがて私はSFというジャンルに、普通ではない性を求めるようになりました」「若く孤独だった私は、ずっとSFに支えられてきたのでした」（同右）。

はて。ＳＦこそ、宇宙人に襲われそうになった美女をヒーローが救うというような異性愛主義の牙城ではなかったか？　いや、ＳＦはもっと奥が深いのだ。

森奈津子がデビューした一九九一年頃は、八〇年代のエイズ問題を通過し、カウンターとしてのゲイ・カルチャーが花開いた年だ。日本にもゲイ・ブームが到来し、雑誌はこぞって特集を組み、関連書籍も多く出版された。そんなとき、フェミニズムの分野からクィア理論が登場する。クィアはもともと「変態」「倒錯的」という意味の侮蔑語だったが、それを積極的・肯定的に使用することによって、非異性愛の存在を目立たせ、異性愛主義の社会的・文化的偏向の問題を暴き、異性愛優位の権力構造の転覆をはかる。クィアは、ホモセクシュアルかヘテロセクシュアルかという二分法に陥らず、バイセクシュアル、トランスセクシュアル、異性装者など、ありとあらゆるセクシュアル・マイノリティを包括する。

フェミニストであるＳＦ作家リサ・タトルが、クィア理論が登場する以前にこう記している。「ＳＦ世界では固定された男女の役割にそって展開する必要はなく、むしろ変化に対する人間の適応性を描くことに重点がおかれている」「現実世界に取りこめる広くて多様な生活様式や選択の事例を示すこともできる」（『フェミニズム事典』明石書店／原著一九八六年／翻訳一九九一年）。そう。ＳＦこそクィア理論を実践するのに最適の文学ジャンルなのだ。日本SFも、もともとエロや笑いと無縁ではない。現実を揶揄し、パロディ化する、カウンター的なエロやお笑いは、日本SFのお家芸であるとさえいえる。ただ、それらが長らく「オヤジ」のものであっただけだ。それは一概にSFのせいとも言えないだろう。SFも文化の一翼であれば、その文化に影響を受けないわけにはいかないからだ。

しかし、いまSFファンの目の前に森奈津子が登場した。それでは、本書に収録された八篇のあらすじを見ていこう。

「西城秀樹のおかげです」

高い感染率、死亡率一〇〇％の疫病で人類が滅亡した。廃都となった東京新宿で生き残った最後の人類、二人の男女はどんな人物だったのか。また、ふたりが生き延びた理由は……。その驚愕の事実と結末に誰もが爆笑。他に類をみないディザスターSF。

「哀愁の女主人、情熱の女奴隷」

事故により亡くなった兄夫婦が時子に遺したのは、一人娘の絵美里とアンドロイドのハンナだった。人間嫌いの時子は泣いてばかりの絵美里に困り、ハンナに「慰めてきてくれないか?」と頼むが……。時子とハンナのひたすらかみ合わない会話に悶絶。

「天国発ゴミ箱行き」

天国に行った若者が、前世で積んだ徳によって来世に生き返ることができると言われる。「人生プランナー」が若者の「作家で色好み」という希望に沿って設計したのは三通りの人生だった……。「森奈津子」の人生がおもしろおかしく描かれるメタSF。

「悶絶！　バナナワニ園！」

少子化が深刻化し同性愛が禁じられた未来。同性愛者取締局の囮捜査によってつかまった人気女優・星野美千花は某反体制組織の構成員だった。その本拠地と目されるマダム・リリーのバナナワニ園に、探偵・冴子はフリーライターとして潜入するが……。終末的未来が楽しく描かれたSF。

「地球娘による地球外クッキング」

同居する三人娘、バイセクシュアルの吉田、なんでも食べる変態味覚の美花子、そしてSFファンの里紗。そんな彼女たちの住まう家の庭にアダムスキー型UFOが墜落。二人の緑色の小人がはい出てきて倒れた。三人のとった行動やいかに？

「タタミ・マットとゲイシャ・ガール」

電脳空間で蚊に姿を変えられた金髪碧眼の女吸血鬼。山田家に侵入し、無事に娘の血を吸うことができるのか――それは吸血鬼の彼女に科せられた罰だった。蚊が主人公という珍しいアクションゲーム「蚊」のノベライゼーション。

「テーブル物語」

むかしむかし、二十五世紀のこと。四つの角にそれぞれ異なる四つの女性器が装飾され、四つの足はそれぞれ異なる四つの男性器になっているテーブルと、それにまつわるエロティックな物語。

「エロチカ79」

一九七九年はこんな時代だった？　「金八先生」が放映され、ウォークマンが発売され、山口百恵が引退せんとするころ、スカートを長くした当時の典型的な不良少女・池本麻里亜は生徒会長の山崎智子によって、見事更生されようとしていた。かわいい後輩の女子中学生や女教師、女医らが発するキーワード「後生ですから……」。これを聞いた智子は必ずある行動に出るのだ。抱腹絶倒なナンセンス小説。

レズビアンやマゾヒズム、オナニーなど「オヤジ」ではないエロやお笑いをSFに提供する森奈津子こそ、日本SFの正統な継承者であり、異性愛主義でゴリゴリに固まっていたかわいそうなSFをやわらかくほぐす愛の戦士である。そして、そのエロティックお笑いSFを用いて異性愛主義な現実を崩壊させんとする、男性器を愛で、女性器と語り、愛をまねくクィア理論の実践者なのだ。

一九九一年に花開いたゲイ・ブームはすでに翌年には去っていたという。ゲイ・カルチャーの浸透と拡散が起こったのだ。その状況は、一九七〇年代に起こったSFブームと、その後の浸透と拡散を思い出させる。しかし、それは単に憂うだけの状況ではない。ブームを通り過ぎたわれわれ読者は、セクシュアル・マイノリティに関する知識を得たおかげで、たとえ自身のセクシュアリティが異性愛でもSMの素養がなかったとしても、森奈津子作品を読み、受け入れることができる。SFについても同様で、現在ではタイムトラベルや宇宙人を、説明抜きに登場させることが可能になっている。読者の準備が十分できており、あとはそこにおもしろい作品がやってくるのを待つばかり……と前向きに考えることもできるのだ。いわば、十分濡れている（あるいは十分慣らしてある）からこそ、森奈津子の太くて大きく濃い（あるいは、細くて長くて優美な）エロSF作品も挿入可能だったというわけだ。あとはひたすら快楽に身を任せるだけである。

　とはいえ、SFにおいてもいまだ異性愛主義の優位は明らかで、撲滅にはほど遠い。ブームを知らない世代の知識の危うさも心配だし、日本ではアメリカのようなあからさまなセクシュアル・マイノリティ差別はないものの、じわじわと真綿で首を絞められるような閉塞感は健在だろう。森奈津子の使命は重い。しかし、その飽くことのないタフな欲望で、彼女は必ずや現状を打破するだろう。われわれも、彼女を信じて身を委ねつつ、ぜひついていこうではないか。

　最後に著作リストを掲載する。

『お嬢さまとお呼び！』学習研究社／一九九一　＊お嬢さまシリーズ
『いつでもこの世は大霊界』学習研究社／一九九一　＊花園学園シリーズ
『お嬢さまの逆襲！』学習研究社／一九九一　＊お嬢さまシリーズ
『お嬢さま帝国』学習研究社／一九九一　＊お嬢さまシリーズ
『お嬢さまのお気に入り』学習研究社／一九九一　＊お嬢さまシリーズ
『ふしぎの丘の化け猫少年』学習研究社／一九九二　＊ふしぎの丘シリーズ
『お嬢さまボロもうけ』学習研究社／一九九二　＊お嬢さまシリーズ
『ふしぎの丘の妖怪変化』学習研究社／一九九二　＊ふしぎの丘シリーズ
『お嬢さま軽井沢の戦い』学習研究社／一九九二　＊お嬢さまシリーズ
『帰ってきた女王様』学習研究社／一九九二　＊花園学園シリーズ
『お嬢さまと青バラの君』学習研究社／一九九三　＊お嬢さまシリーズ
『あぶない学園大さわぎ』学習研究社／一九九三　＊あぶない学園シリーズ
『お嬢さまの学園天国』学習研究社／一九九三　＊お嬢さまシリーズ
『グースカ夢見る問題児』学習研究社／一九九三
『お嬢さまと無礼者』学習研究社／一九九四　＊お嬢さまシリーズ
『冒険はセーラー服をぬいでから』アスペクト／一九九四

『あぶない学園キケンな少年』学習研究社／一九九四　＊あぶない学園シリーズ
『惑星ヒミコの貴婦人（上・下）』小学館／一九九四
『お嬢さま大戦』学習研究社／一九九五　＊お嬢さまシリーズ
『愛と青春のあぶない学園』学習研究社／一九九五　＊あぶない学園シリーズ
『禁断のあぶない学園』学習研究社／一九九五　＊あぶない学園シリーズ
『猫転《ねこころび》伯爵、都へ行く』双葉社／一九九六
『耽美なわしら　1　黒百合お姉様VS.白薔薇兄貴』角川書店／一九九六
『耽美なわしら　2　エビスに死す』角川書店／一九九七
『ノンセクシュアル』ぶんか社／一九九八→角川春樹事務所／二〇〇一
『白百合館の変な人たち』KKベストセラーズ／一九九八
『東京異端者日記』廣済堂出版／一九九九　＊エッセイ
『西城秀樹のおかげです』イースト・プレス／二〇〇〇→本書　＊SF短篇集
『あんただけ死なない』角川春樹事務所／二〇〇〇
『かっこ悪くていいじゃない』祥伝社／二〇〇一
『姫百合たちの放課後』フィールドワイ／二〇〇四　＊百合コメディ短篇集
『耽美なわしら　完全版（上・下）』フィールドワイ／二〇〇四
『からくりアンモラル』早川書房／二〇〇四　＊SF短篇集

初出一覧

「西城秀樹のおかげです」
『SFバカ本　たいやき編』（ジャストシステム）１９９７年11月
「哀愁の女主人、情熱の女奴隷」
『SFバカ本』（ジャストシステム）１９９６年7月
「天国発ゴミ箱行き」
『SFバカ本　ペンギン篇』（廣済堂文庫）１９９９年8月
「悶絶！　バナナワニ園！」
『カサブランカ革命』（イースト・プレス）１９９８年12月
「地球娘による地球外クッキング」
『SFバカ本　白菜編』（ジャストシステム）１９９７年2月
「タタミ・マットとゲイシャ・ガール」
『蚊―か―コレクション』（メディアワークス電撃ゲーム文庫）２００２年2月
「テーブル物語」
『西城秀樹のおかげです』（イースト・プレス）２０００年6月
「エロチカ79」
『チューリップ革命』（イースト・プレス）２０００年1月

本書は、2000年6月にイースト・プレスより単行本として刊行
された作品に、新たに1篇を加えて文庫化したものです。

著者略歴　1966年東京都生，作家　著書『からくりアンモラル』『姫百合たちの放課後』（以上早川書房刊）『電脳娼婦』『ゲイシャ笑奴』『倉庫の中の美しき虜囚』『シロツメクサ、アカツメクサ』『踊るギムナジウム』他多数

HM=Hayakawa Mystery
SF=Science Fiction
JA=Japanese Author
NV=Novel
NF=Nonfiction
FT=Fantasy

西城秀樹《さいじようひでき》のおかげです

〈JA772〉

二〇〇四年十一月十五日　発行
二〇一七年七月十五日　三刷
（定価はカバーに表示してあります）

著者　森《もり》奈《な》津《つ》子《こ》
発行者　早川浩
印刷者　西村文孝
発行所　株式会社早川書房
郵便番号　一〇一‐〇〇四六
東京都千代田区神田多町二ノ二
電話　〇三‐三二五二‐三一一一（大代表）
振替　〇〇一六〇‐三‐四七七九九
http://www.hayakawa-online.co.jp

乱丁・落丁本は小社制作部宛お送り下さい。
送料小社負担にてお取りかえいたします。

印刷・精文堂印刷株式会社　製本・株式会社フォーネット社

ISBN978-4-15-030772-1 C0193